Paris
1835

Lafontaine, Auguste

Un Mariage sans mari

Marie

Tome 4

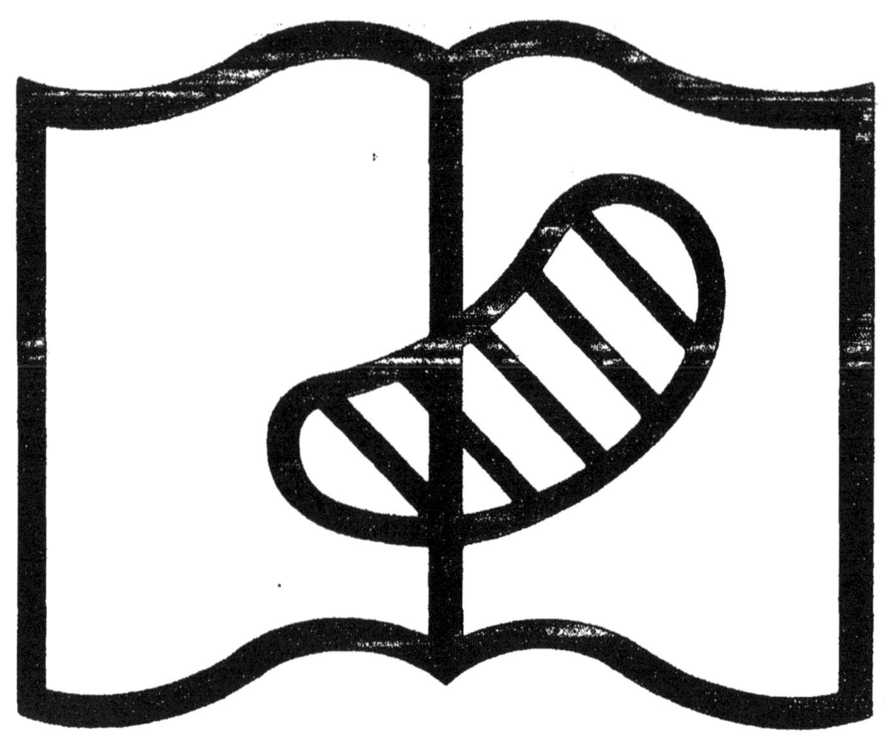

Symbole applicable
pour tout, ou partie
des documents microfilmés

Original illisible

NF Z 43-120-10

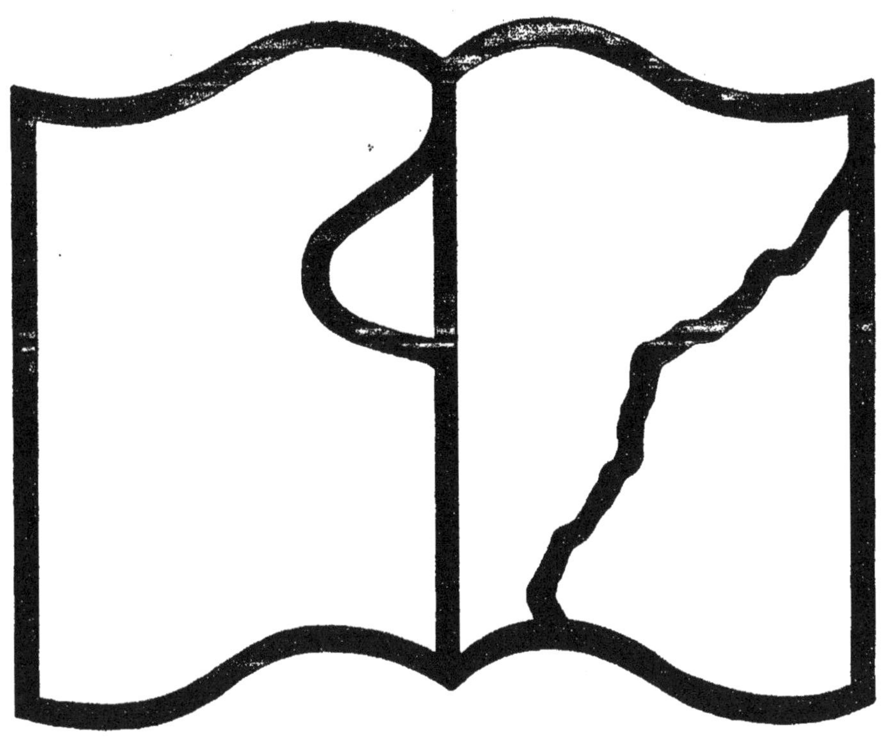

Symbole applicable
pour tout, ou partie
des documents microfilmés

Texte détérioré — reliure défectueuse

NF Z 43-120-11

UN

MARIAGE

SANS MARI.

IV.

PARIS. — IMPRIMERIE DE FÉLIX LOCQUIN,
16, rue Notre-Dame-des-Victoires.

UN

MARIAGE

SANS MARI.

MARIE,

PAR AUGUSTE LAFONTAINE

ET

MADAME SCHOPENHAUER.

TRADUIT DE L'ALLEMAND PAR M. SUCKAU.

IV.

PARIS,

AUDIN, LIBRAIRE,

25, QUAI DES AUGUSTINS.

1835.

SALIER ET JULIE.

Je connais à B...., village de...., un couple, que je ne vois jamais sans admiration. Je ne quitte jamais leur cabane, sans leur dire : Votre vertu est l'ornement du pays que vous êtes venus habiter. Dieu veuille vous laisser dans cette terre hospitalière, que vous regardez à présent comme votre patrie! Non, les passions haineuses ne vous en chasseront point, comme elles vous ont chassés des beaux climats, où vous êtes nés. Vous resterez au hameau, qui renferme toutes vos espérances, et que vous avez consacré par les larmes de l'humanité, par l'exemple de la reconnaisance, de la concorde, de l'amour et de la résignation, que vous donnez à vos voisins. Pardonnez-nous la curiosité, qui nous porte à vous suivre dans vos occupations. Vous avez bien pardonné à vos bourreaux leurs sanglantes persécutions. Oubliez, oubliez ; et soyez heureux !

Dans cette riante contrée, où la Durance serpente, et semble chercher son lit dans des vallons sinueux à travers des rochers, parsemés de buissons, et de fertiles côteaux, couverts de mûriers, d'acacias, de vignes et d'oliviers, demeurait le comte d'Ormesson, le plus riche seigneur du pays. Il n'était point dur, mais sévère à l'égard de ses vassaux. Sa famille chérissait en lui un bon père, un tendre époux. Julie, sa fille unique, avait une ame douce et sensible; elle était pure comme l'air qu'elle respirait. Nous la verrons recueillir les fruits de ses bienfaits, dans les premières années de la révolution, où il était si difficile de trouver un ami. Cet ami, si rare alors, Julie le trouva dans un simple villageois. Salier, c'était son nom ennobli par l'amour et la reconnaissance, eut le courage de braver la mort, pour sauver ses bienfaiteurs. Son père, vassal du comte, avai essuyé des revers de fortune, et, depuis bien des années, il se trouvait hors d'état d'acquitter ses redevances. On avait eu pour lui beaucoup plus d'indulgence qu'on n'en a ordinairement pour les pauvres paysans. Les régisseurs du comte appréhendaient la morne fermeté et la tranquille froideur du père Salier. Lorsque l'un d'eux venait lui dire : Salier, nous serons obligés de vendre ta maison, il répondait avec un regard menaçant : le renard sait se défendre dans son terrier; nous verrons. Hélas! l'infortuné vieillard ne pouvait compter que sur l'estime de ses voisins, qui l'honoraient comme un honnête homme. Enfin le dernier terme, qu'on lui avait assigné pour payer, se trouvant aussi écoulé, on alla lui annoncer de la part du comte qu'il eût à quitter sa cabane.

— Je vais parler moi-même à mon seigneur, répondit-il. Viens, mon fils. Ils prirent tous deux le chemin du château, et trouvèrent le comte au jardin. Julie, sa fille, était avec lui. Le vieillard s'approche, sans crainte de son seigneur, lui dit tranquillement: votre homme d'affaires est venu m'annoncer qu'il allait me réduire à la mendicité. Vous avez une fille, monsieur le comte; moi j'ai un fils. Je n'ai point été fainéant, je n'ai été que malheureux. Si vous tombiez dans la misère et qu'il vous fallût quitter votre château, et aller mendier, ah! monsieur, vous éprouveriez combien ce sort est dur et humiliant. Non! je ne le puis ; il faut que garde ma maison, pour la laisser à mon fils ; les temps ne seront pas toujours si misérables.

Le comte était prévenu. — Il y a déjà plusieurs années que tu n'as payé ; finissons : tu quitteras ta cabane. Le vieillard secoua la tête : — Eh bien ! parle, toi, Jacques, dit-il à son fils. Je te donne ma maison. Peut-être que ta jeunesse attendrira notre seigneur.

— Il n'y a ni jeunesse ni vieillesse qui tienne ; m'entends-tu ? Il faut te soumettre.

— Monsieur le comte, je suis vieux ; c'est quelque chose de terrible pour un vieillard que d'aller mendier. Cependant, sans mon fils je ne balancerais pas à le faire ; mais lui, faut-il qu'Il aille demander la charité? — Et toi, Jacques, parle donc, dis un mot pour toi. — Monsieur le comte, je n'ai jamais prié; mais en ce moment, je vous conjure de laisser ma cabane à mon fils; ne lui ôtez pas toute ressource. Vous me voyez suppliant. C'est pour mon fils que mon cœur saigne, et que mes yeux versent des larmes.

— Il n'est plus temps! s'écrie le seigneur, je vous le dis pour la dernière fois : disposez vous à abandonner votre maison.

Julie n'avait cessé de considérer le fils du vieillard, qui les sourcils baissés, les lèvres serrées, et les mains jointes, avait paru dévorer le plus cuissant chagrin. Alors les mains du jeune homme se desserrent, ses yeux s'éclaircissent, ses lèvres s'ouvrent, et la plus douce sérénité se répand sur tous ses traits. Son père le regarde : eh bien ! Jacques, ne diras-tu rien ? Non, répond le fils ; abandonnez-leur notre cabane : vous ne manquerez de rien. Vous avez pleuré pour moi ; je dois dès à présent travailler pour vous, mourir pour vous s'il le faut. Venez ! Il prend la main de son père, et l'emmène. Le comte les regarde d'un œil sombre.

Julie les regardait aussi ; mais ses beaux yeux étaient remplis de larmes. Le ton du vieillard avait fait sur elle une vive impression ; elle trouvait de la noblesse dans le discours de ce malheureux ; elle en avait encore plus trouvé dans le silence du jeune homme. Elle avait remarqué le morne chagrin qu'il avait éprouvé, pendant toute entrevue; et ce qui surtout l'avait le plus frappée, c'était le changement qu'avaient opéré en lui les pleurs de son vieux père. Le chagrin avait fait place à une noble sensibilité. On ne voyait pas, il est vrai, reluire sur son visage la douce satisfaction; mais on y voyait briller le courage, la force, tous les traits d'une conscience sans reproche. Elle avait cru voir répandue sur sa physionomie une émanation de la gloire céleste. Et puis, l'air fier et assuré qu'ils avaient l'un et l'autre, en se retirant : le père, plein de confiance en son fils, le fils prêt à tout entreprendre pour son père. Leur conduite, en un mot, lui avait inspiré une sorte de vénération, mêlée d'attendrissement. Elle ne put retenir ses larmes, et, se tournant du côté de son père, elle lui dit du ton le plus touchant: Mon bon père, n'y a-t-il donc pas moyen de s'aranger avec eux? Ils semblent être de si bonnes gens. Un non, prononcé avec humeur, fut la seule réponse de M. d'Ormesson, qui s'éloigna à l'instant.

Julie alla trouver le jardinier, qui venait d'être témoin de cette scène, et qui, secouant la tête, s'appuyait sur sa bêche. — Ce sont des gens bien singuliers que ce père Salier et son fils, dit-il à Julie, lorsqu'il la vit s'arrêter près de lui. Comment cela? demanda-t-elle.

— Le croiriez-vous, poursuivit-il, c'est peut-être aujourd'hui pour la première fois de sa vie, que le vieux Salier a versé des larmes. Il a enterré sa femme, sept enfans, sans pleurer. Deux fois il a été ruiné par la grêle et la perte de ses bestiaux, point de larmes. Il s'est contenté de dire : Est-ce ma faute? pouvais-je éviter ces malheurs? Le père de ce Salier était de même, absolument de même; et cela se transmet à leurs enfans. Ce sont des gens probes, laborieux, serviables; mais ils n'aiment pas qu'on leur commande, et voilà pourquoi ils ne font pas leur chemin. Le village les perd à regret, j'en suis sûr; car, quand il y avait quelque chose à dire, les Saliers de tout temps ont été à la tête des solliciteurs. Ils ne peuvent oublier qu'un de leurs ancêtres fut un héros, qui fit de grandes choses en Italie, sous François Ier. Je ne sais si cela est vrai; mais ils le disent.

Le jardinier avait trouvé le mot de l'énigme. Cette croyance, qu'un Salier avait été autrefois général d'armée en Italie, avait conservé, dans la famille de ces paysans, un certain amour de l'honneur, qui se transmettait de père en fils, et qui la distinguait des autres. Tout le village savait qu'une fierté inflexible était l'héritage des Saliers.

Julie écoutait tout cela avec intérêt; et elle n'avait pas de peine à le croire, tant les procédés de ces deux hommes lui avaient semblé généreux. Elle prit des renseignemens sur les causes de leur infortune : le jardinier lui apprit qu'il n'y avait que les régisseurs du comte qui désirassent de les voir partir, parce qu'ils ne leur faisaient pas assez la cour. Il lui vint dans l'esprit qu'elle pourrait peut-être bien leur rendre service ; et elle chargea le jardinier de s'informer de la somme qu'ils devaient. Elle se montait à peu près à deux cents francs.

Julie les avait en réserve. Elle voulut les remettre au jardinier; mais elle eut beau lui assurer qu'ils étaient bien à elle, que c'était le fruit de ses épargnes, qu'elle voulait le donner à ces bonnes gens; il refusa de se mêler de cette affaire; et Julie se vit contrainte d'aller les leur porter elle-même. Vers le soir, elle prit donc sa bourse, se rendit par le jardin au village, et, sans être aperçue, elle se glissa jusqu'à la cabane de Salier.

Le père et le fils étaient à table, et soupaient. Julie s'arrêta à la porte, qui était restée entr'ouverte, et, avant d'entrer, elle se plut à considérer la scène qui s'offrait à ses regards : le vieillard prit le verre, le remplit, et dit : Allons, mon fils, adressons nos tranquilles adieux à cette cabane où nous sommes nés tous deux ; au cimetière, où reposent nos parens ! Il donna ensuite le verre à son fils, qui ajouta : Et souhaitons à l'homme qui habitera notre chaumière après nous, un bon cœur et plus de bonheur que nous n'en avons eu !

— Ou, si la fortune le traite aussi mal que nous, reprit le père navré de douleur et plein d'amertume, souhaitons-lui beaucoup de courage pour supporter le malheur. Bois, Jacques, il faut vider la bouteille. C'est, je pense, la dernière. Voilà qui est bien! Bonheur à tous les hommes, et à nous aussi! A présent, allons encore une fois nous reposer, et puis..... demain, nous irons encore au cimetière. En voilà assez pour aujourd'hui. Dieu veuille que nous quittions un jour la vie comme nous quittons maintenant notre cabane.

— Mon cher Jacques, apporte-nous donc encore quelques raisins; il faut que nous goûtions de tout aujourd'hui. Jacques se lève de table, et voit Julie qui sourit et rougit, ne sachant comment leur offrir son présent, elle qui eût voulu, dans cet instant, partager un monde avec eux, tant leur entretien l'avait attendrie.

— Je viens, leur dit-elle d'une douce voix, je viens pour... pour... Le vieillard se lève. — Vous venez dans un moment bien malheureux, mademoiselle; entrez donc. Les voilà tous trois vis-à-vis l'un de l'autre; ils se regardent sans proférer une seule parole. Julie tire lentement sa bourse de sa poche. Elle la présente au père, puis au fils. Ni l'un ni l'autre ne veulent l'accepter. — Qu'est-ce que cela veut dire? Pourquoi cela, notre bonne comtesse? demanda le vieillard.

— C'est, répondit-elle encore plus embarrassée qu'auparavant, c'est pour..... Ceci m'appartient, mes bonnes gens; j'en puis disposer à mon gré, et je vous le donne de bien bon cœur. Cela vous servira à payer mon père, et vous resterez au milieu de nous.

Le père et le fils se regardent. — Prenez, mes amis, prenez donc, leur dit-elle en versant des pleurs.

Le père secoue la tête. — Que vous êtes bonne, mademoiselle, dit-il en lui prenant la main. Julie croit qu'il veut prendre la bourse; elle lui tend la main, qu'il baise; mais il la laisse retomber avec la bourse. — La prendre? c'est bientôt fait; mais... monsieur le comte sait-il?.. — Non, non, comment le saurait-il? — Puis-je lui dire que vous nous avez apporté cet argent? — Oh! gardez-vous en bien : il ne faut pas qu'il sache que..... mais il est bien à moi, je vous l'assure.

— Je ne puis l'accepter, notre bonne, notre sensible comtesse! Elle la présente au fils : Eh bien, vous, prenez-la, mon cher Salier. Le jeune homme pressa sa main contre ses lèvres brûlantes, et une larme de reconnaissance tomba de son œil sur le bras de Julie. — De grâce, lui dit-elle, accordez-moi cette faveur; acceptez cette petite somme pour l'amour de moi. — Ma vie, lui répondit Jacques en portant la main sur son cœur, ma vie vous appartient dès cet instant; mais je ne prendrai point votre bourse.

— Je vous conjure, bon père, s'écria Julie en lui présentant l'argent ; je vous supplie, Jacques, prenez, prenez donc. Elle pleurait à chaudes larmes. Le vieillard s'approche, et, la considérant avec des yeux où se peignait la plus douce émotion : O aimable enfant, s'écria-t-il, que Dieu répande sur vous ses plus riches bénédictions! Jacques s'approcha, la regarda de même, et ajouta : — Oui, qu'il vous accorde tout le bonheur que vous méritez si bien! Julie se trouvait dans une grande anxiété. Le père et le fils parlait avec véhémence ; ils lui pressaient les mains et les bras. Elle laisse enfin tomber la bourse : *Il faut bien que vous la preniez!* Et la voilà qui s'enfuit. Elle gagne le jardin, et rentre dans son appartement.

Le vieux Salier ramassa la bourse, et la posa sur la table. Il faut que j'aille au château avant de me coucher. Je ne voudrais pas que sa générosité lui causât des désagrémens. — Ni moi non plus, répartit le fils, oh! j'aimerais mieux mourir! C'est moi qui reporterai la bourse à sa mère; donnez-la moi. Elle est plus sensible que son mari; elle ne désapprouvera pas la bienfaisance de sa fille..Donnez, que je la porte à la comtesse. — Mais ne dira-t-elle pas que c'est par fierté que tu lui reportes cet argent? Son mari trouvera, plutôt qu'elle, que nous avons raison d'en agir ainsi.

Le fils prend la bourse, et se rend

au château. Il se fait annoncer ; on l'introduit. Il s'approche respectueusement de madame d'Ormesson, et lui raconte l'histoire des deux cents livres, qu'il dépose sur la table. La comtesse le regarde, et lui dit en souriant : Et vous ne seriez pas fâchés de garder cet argent ? — Non, répond le jeune homme, la probité nous le défend. Elle le considère avec attention. Je viens d'apprendre, poursuivit-elle froidement, que vous alliez quitter le village, et, comme tu me sembles brave garçon, j'aurais envie de te prendre à mon service. Jacques secoue la tête. — Madame, je puis tout abandonner, hormis mon père. — Mais, si je donnais cet argent à ton père ? — Ah ! je serais bien heureux, dit-il en rougissant. Mon bon père! Mais il faut que je gagne ma vie. Je ne veux pas être domestique; car je me nomme Salier. Il regarde du côté de la porte. Julie entre précipitamment dans la chambre. Elle voit la bourse, et s'écrie : Oh ! je m'en doutais bien, ô ma chère maman!

La mère prit la bourse, et la donna au jeune homme. Elle est à toi, lui dit-elle avec bonté; et si cela ne vous suffit pas, comptez sur moi. Julie sauta de joie, et s'écria : Ils restent ici, ils restent ici! Non, dit-elle à Salier, vous n'irez pas demain matin au cimetière. Vois-tu, ce n'est pas la dernière bouteille de vin que ton père a bue. Va, je suis moi-même heureuse de votre bonheur Elle lui présenta la main, et le félicita, en donnant des marques de la plus vive allégresse. Le jeune homme est tout déconcerté; il veut se retirer, et demeure; parler, et il ne trouve point de voix.

— Madame la comtesse, dit-il enfin, en tremblant, oui, je veux vous servir. Je serai votre domestique et celui de la comtesse Julie. Prenez-moi, je vous en prie.

Madame d'Ormesson le prit sur-le-champ à son service, et lui dit d'attendre. Elle alla trouver son mari, et lui raconta tout ce qui venait de se passer. Le comte, charmé du récit, remit la dette aux Saliers, et leur donna les deux cents francs. Dès le lendemain, le jeune homme entra à son service.

Salier se distinguait, parmi tous

les domestiques du château, par sa fidélité, son zèle, par son air posé et ingénu. Était-il étonnant qu'on ne le traitât pas tout-à-fait comme les autres ? Il y avait tant de noblesse dans son maintien et son regard que, quand le comte avait deux commissions à donner, c'était toujours Salier qu'il chargeait de la plus honorable. Personne, dans la maison, n'osait lui parler aussi impérieusement qu'aux autres domestiques. L'ordre était toujours adouci par un ton qui marquait de la bienveillance : ou l'on disait, pourquoi l'on désirait telle ou telle chose, comme : Je l'ai laissée sur ma table ; j'en ai besoin ; ou bien encore l'ordre était accompagné d'un regard amical, qui semblait dire : vous m'obligeriez... etc. Cependant, malgré ces ménagemens, tout le monde aurait souhaité n'avoir affaire qu'à lui; car tout ce que Salier arrangeait, faisait ou entreprenait, était arrangé, fait, et exécuté avec le plus grand ordre.

On voyait que c'était de sa propre volonté qu'il servait; et il était aisé de remarquer qu'il croyait être exclusivement le domestique de Julie. C'était lui qui restait dans son antichambre; lorsque la famille était à table, il se tenait derrière sa chaise, attentif, pour la servir au moindre signe qu'elle faisait; tout devait attendre, quand Julie se retournait pour demander quelque chose. Et Julie n'ordonnait pas, elle priait; car elle voyait qu'il n'était si serviable que parce qu'elle était sa bienfaitrice, et non parce qu'il était son domestique.

Julie ne passait jamais par l'antichambre, sans parler au bon Salier. Elle lui demandait des nouvelles de son père, elle avait toujours quelque chose d'obligeant à lui dire. Il lui arrivait bien quelquefois de s'adresser aux autres domestiques, pour ne point trop fatiguer son protégé; mais s'il y avait de jolis riens à arranger dans sa chambre, quelque décoration à faire de concert avec elle, c'était Salier qu'elle en chargeait; ou, si elle désirait qu'on lui rendît un service, qui demandât plus de zèle que d'obéissance, plus d'intelligence qu'il n'en faut ordinairement pour exécuter de simples ordres, c'était encore à lui qu'elle s'adressait. Il était le dispensateur de ses petits bienfaits dans le village. Il veillait à l'entretien de l'orangerie, qui sans lui, aurait été bien souvent négligée. Il arrangeait les lampions pour l'illumination, lorsqu'elle voulait causer une agréable surprise à son père, le jour de sa fête. Il allait lui cueillir les fleurs dont elle voulait se parer; il donnait à manger à son serin ; en un mot, elle lui faisait faire mille bagatelles qui l'amusaient. Elle honorait la reconnaissance de ce jeune homme ; elle rendait justice à la pureté de ses sentimens.

Salier, de son côté, sentait combien la conduite de Julie à son égard était délicate; et souvent il ne savait comment lui témoigner sa gratitude et son dévouement. Il n'y avait rien qu'il n'entreprît pour lui procurer du plaisir. L'oreille d'ours, sa fleur favorite fleurissait toute l'année pour elle. Salier les faisait pousser pendant tout l'hiver dans une serre, avec un soin si attentif qu'elles ne manquaient jamais. Julie trouvait tous les matins une oreille d'ours, dans un verre sur sa toilette. Son berceau favori était toujours épais et vert; car Salier avait soin de détruire toutes les chenilles, tous les insectes qui eussent pu le gâter. Autour de ce cabinet de verdure régnait un parterre, émaillé de fleurs les plus odiférantes de toutes les saisons. Lorsque les gens de la maison célébraient l'anniversaire de la naissance de leur jeune maîtresse, Salier était l'ame de la fête. Elle n'avait qu'à témoigner le moindre désir, pour que Salier s'empressât de le remplir, avant même qu'elle eût pensé à la possibilité de l'exécution. Julie vit un jour, en se promenant, un jeune acacia couvert de fleurs; elle dit à sa mère : oh ! je voudrais bien avoir une couple d'arbres comme celui-là devant mes fenêtres.

Salier l'entendit et rougit. Dès-lors plus de repos. Il court chez le jardinier, qui depuis long-temps, était son ami. Il le charge de planter pendant la nuit, deux accacias fleuris devant la fenêtre de la jeune comtesse. Le jardinier lui fait quelques objections. Ils se faneront, se sécheront, Salier. — Il faut les enlever avec la terre, mon ami. —

Mais, Salier, comment faire? — Y a-t-il quelque chose d'impossible pour toi, si l'on t'aide? — Hé, c'est justement là l'embarras; qui est-ce qui nous aidera? — Sois tranquille, je m'en charge. — Il tint parole. Tous les jeunes gens du village se rassemblèrent la nuit dans les jardins. Ils avaient apporté des cordes, des leviers, de grandes caisses qui s'ouvraient et se fermaient. On eut soin de placer les caisses par dessous pour lever les arbres en motte. Tout alla à merveille. Les accacias furent transplantés en triomphe devant les fenêtres de Julie. Salier tressaillit de joie, lorsque le jardinier, fier d'un si heureux succès, lui serra la main en lui disant à l'oreille : Bon, bon! ils fleuriront, je t'en donne ma parole. Salier se glissa tout doucement dans la chambre de Julie, ouvrit les fenêtres, arrangea les plus hautes branches, de manière à ce que les bouquets penchassent du côté des croisées; puis il alla tranquillement se mettre au lit; mais le plaisir, cette fois, ne lui permit pas de s'endormir.

Le lendemain matin, Julie, ayant fait quelques pas dans sa chambre, vit des bouquets d'acacia à ses fenêtres. Salier! s'écria-t-elle avec étonnement! Elle s'imaginait qu'il avait attaché quelques branches à ses vitres : elle ne se rappelait plus le désir qu'elle avait énoncé la veille. Elle court à sa fenêtre..... qu'on juge de sa surprise à la vue de deux arbres! Elle se ressouvint alors de ce qu'elle avait dit à sa mère. O le bon Salier! dit-elle avec l'accent de la bienveillance la plus marquée. Elle cueillit un bouquet, l'attacha devant son sein, et, désirant donner au bon jeune homme une preuve de sa gratitude, elle ouvrit la porte de l'antichambre, et dit : Bon jour, Salier ! Elle accompagna ce peu de mots d'un sourire si joyeux et presque si tendre, que les joues de Salier se couvrirent du plus vif incarnat.

Elle ne lui dit rien de plus. Certaine retenue, naturelle aux femmes, l'empêchait vraisemblablement de dire ce qu'elle voulait, et ses lèvres se refusaient à prononcer un froid : *Je te remercie, mon cher Salier!* Mais la branche fleurie avec laquelle

elle était sortie de sa chambre, en négligé, pour lui souhaiter le bonjour, était pour lui une récompense surabondante. S'il l'eût osé, il se serait jeté aux pieds de la jeune comtesse pour lui témoigner son dévoûment respectueux. De sa vie, il n'oublia cet air gracieux et séduisant qu'elle avait avec le bouquet d'acacia devant son sein; et toutes les fois qu'il pensait à Julie, c'était toujours avec cet ornement que son imagination la lui représentait.

A dater de ce moment, les sentimens de nos deux jeune gens prirent une nuance de tendresse. La bienveillance que Julie ressentait pour Salier, devenait plus délicate; et c'est pour cela qu'elle se restreignait à la lui témoigner plus par des signes ou des effets que par des paroles. Elle se contentait de le regarder de temps en temps d'un air amical, au lieu de lui dire comme autrefois : Salier, tu es un brave garçon! Elle le faisait venir moins souvent dans sa chambre, et elle n'avait point de commissions à lui donner quand quelqu'un était présent. Elle voulait lui épargner les peines qu'il prenait pour la servir. Salier de son côté ressentait pour elle un respect qui tenait de l'enthousiasme: il trouvait toujours le moyen de ne rien laisser faire aux autres domestiques de ce qu'ils avaient autrefois fait pour elle. Il étudiait dans ses yeux jusqu'à ses moindres désirs, elle n'avait plus besoin de ne rien demander; il la prévenait toujours. Il paraissait enchanté lorsqu'il parlait de sa jeune maîtresse.

Quelques lecteurs vont peut-être s'imaginer que l'amour était en jeu. Il y avait bien là de quoi le faire naître; mais il est vrai de dire qu'au fond de leurs cœurs, il n'y avait rien qui dût le faire pressentir. Dans l'imagination ardente de Salier, il n'y avait encore rien qui ressemblât à l'amour, où qui se teignît des couleurs de cette passion. C'était le respect du domestique, mêlé au tendre intérêt qu'il prenait à la fille de ses maîtres; et du côté de Julie, de la bienveillance pour un domestique fidèle et officieux. Si c'eût été tout autre sentiment, Julie n'aurait pas dit à sa mère, lorsqu'elle aperçut pour la première fois les acacias:

Voyez-vous la galanterie que Salier m'a faite? Il a su accomplir le vœu bizarre que j'avais formé. Il n'y a rien qu'il ne fasse pour m'obliger. Salier n'aurait pas dit à tous les gens de la maison : La comtesse Julie est un ange descendu sur la terre. Je l'aime plus que moi-même. Mais, je le répète, dans tout cela, il n'y avait pas la moindre trace de l'amour. Pour changer en amour les sentimens de Salier, il eût fallu des encouragemens, il eût fallu ces regards qui les donnent, les douces espérances qui les produisent...... mais le moyen d'en concevoir? Le désir n'existe point dans un cœur où n'a jamais été l'espoir, et le feu de l'imagination s'éteint lorsqu'il n'est point attisé par une œillade tendre, attrayante, et par les séductions de l'espérance.

Salier désirait cent fois le jour que Julie fût un homme. Alors, disait-il avec transport, comme je l'aimerais! Julie disait à sa femme de chambre : Si tu m'aimais comme Salier, que nous serions heureuses! En voilà assez, je pense, pour démontrer qu'ils ne songeaient point à l'amour; autrement, auraient-ils pu former de pareils souhaits?

Cependant, l'attachement de Salier pour Julie croissait de jour en jour. Il portait l'empreinte de son caractère, froid au dehors, brûlant au dedans. Elle honorait un homme dont le zèle et l'ambition tenaient de l'enthousiasme, et l'ame reconnaissante du jeune Salier trouvait toujours dans les procédés délicats de Julie de nouveaux sujets de l'aimer. La jeune comtesse conçut l'idée de le faire passer dans une condition plus relevée. Il mérite un meilleur sort, dit-elle un jour à son père, qui lui dit que Salier ne savait pas écrire, qu'il s'en fallait même de beaucoup qu'il lût couramment. Julie l'envoya chercher un livre dans sa bibliothèque, et il en apporta un tout autre que celui qu'elle avait demandé. Vois-tu, si tu savais lire, lui dit-elle, tu n'aurais pas..... Salier rougit, et Julie se tut. Mais depuis cette petite humiliation, il s'occupa à lire dans l'antichambre; il lisait des journées entières. Le but de son application était de pouvoir, sans se tromper, aller chercher les livres de Julie. Celle-ci l'encourageait par un sourire d'approbation, toutes les fois qu'elle lui voyait un livre à la main. Elle lui fit lire un jour une page entière, et elle fut surprise de la vivacité de sa déclamation. Oh! si tu savais aussi écrire, lui dit-elle avec bonté. Il la regarda sans répondre un seul mot. Mais il courut sur-le-champ chez l'homme d'affaires, auquel il demanda quelques exemples d'écriture; et Salier de travailler avec la plus grande ardeur, car Julie le souhaitait. Au bout de quelques jours, il lui porta un compte écrit de sa main. C'était une petite note des bienfaits qu'elle l'avait chargé de distribuer, dans le courant du mois, aux pauvres du village. En vérité, dit Julie, cela me frappe d'étonnement; je n'en reviens pas! Ah! Salier, quel sujet tu aurais pu devenir!

Ces paroles excitèrent en lui une si grande envie d'apprendre, qu'il fit en peu de temps d'incroyables progrès. Il lisait et écrivait sans cesse. Les livres de Julie, qui étaient pour la plupart de bons ouvrages, parmi lesquels se trouvaient bien quelques poésies et des romans, donnèrent l'essor à son esprit, développèrent ses heureuses dispositions, et formèrent son langage. Julie, enchantée d'un si prompt changement, lui fit part du dessein qu'elle avait de lui procurer une petite place. Le jeune homme ne dit pas un mot. Elle lui demanda si cela ne lui ferait pas plaisir, et il répondit avec émotion : Vous ne voulez donc plus que je sois votre domestique! — Mais tu ne le seras pas toute ta vie. — Oh! je voudrais l'être toujours! — Salier! Salier! Qui est-ce qui ne serait pas flatté de se voir aimé ainsi? Elle ne lui parla plus de ce projet.

Sur ces entrefaites, le marquis de Grisval eut occasion de lier connaissance avec le comte d'Ormesson. Il vit Julie et l'aima. Les parens avaient déjà résolu de la lui donner en mariage. Le marquis possédait en effet les qualités qui rendent un jeune homme aimable. Il n'avait été à Paris que le temps qu'il fallait pour polir ses mœurs, et le séjour de la capitale ne l'avait point corrompu. Il informa ses parens du désir qu'il avait de trouver mademoiselle d'Ormesson sensible à sa tendresse; et ceux-ci lui ayant mandé qu'ils ne désiraient rien tant que son mariage avec la jeune comtesse, il s'occupa des moyens de se concilier l'amour de Julie. Il avait pour lui tout ce qui promet le succès : une parfaite régularité de traits, jointe à l'éclat de la plus brillante jeunesse, des grâces sans affectation, une taille élégante, cette beauté mâle et noble qui charme et subjugue les cœurs. Ses attentions, ses égards flatteurs, ses soins empressés, l'air de décence répandu sur toute sa personne lui valurent bientôt l'estime, la confiance et enfin l'amour de mademoiselle d'Ormesson. Rien ne s'opposait à leur bonheur commun. L'inclination de Julie pour le marquis croissait visiblement; il réunissait à ses yeux tous les agrémens, toutes les vertus. Elle devint rêveuse, puis elle parut inquiète, agitée, et enfin elle se pencha sur le cœur de son amant et lui avoua son amour, en répandant des larmes délicieuses pour deux cœurs sensibles. Le comte les laissa goûter, un mois entier, les plaisirs du mystère; mais ensuite, il déclara au marquis qu'il exigeait de lui le consentement formel de sa famille, qui l'autorisât à rechercher sa fille en mariage. Les parens de M. de Grisval et ceux de Julie se trouvant parfaitement d'accord, les deux amans furent fiancés.

Leur union fut remise jusqu'à l'issue d'un procès important, que la famille du prétendu poursuivait alors, avec l'espoir de le gagner; et il ne s'opéra aucun changement dans la maison du comte, si non que le marquis s'y rendait de temps en temps, et qu'il y passait des mois entiers. Salier, témoin de l'amour de Julie, désirait, comme tout le monde, qu'elle fût heureuse. Il s'attacha dès-lors à complaire au marquis, le futur époux de sa bienfaitrice, et qui vraisemblablement serait aussi son maître. Il fit même part de cette espérance à Grisval, qui reçut avec bonté l'offre cordiale de ce fidèle serviteur. Il voulut bien l'assurer de ses bonnes grâces; et, dans toute sa conduite, il lui témoigna les égards qu'il méritait, et qui pouvaient le flatter.

Salier était chéri de toute la maison ; mais ce qui acheva surtout de le rendre le favori de la famille, ce fut une aventure qui, en dirigeant vers un but certain les sentimens du jeune homme, décida de son sort pour la vie. Julie était tombée, et s'était blessée au pied. Le chirurgien du village promet de la guérir ; mais loin de tenir parole, il enflamme la plaie par des remèdes contraires. Julie éprouve de légères attaques de fièvre. Le maladroit ne perd point courage, il répond du succès de ses soins. Les douleurs redoublent, le mal empire. Julie n'en dit rien par ménagement pour le chirurgien, et pour lui laisser la gloire de l'avoir guérie. Au bout de quelques jours, il commence à paraître soucieux. Il ne s'entend pas même à conserver la plaie dans l'état de propreté nécessaire. Il feuillète le seul livre qu'il ait chez lui, lit, et trouve les indices indubitables de la gangrène. La tête remplie de cette terrible idée, il va chez la jeune comtesse, lève l'appareil, tremble, change de couleur et pousse un cri d'effroi. La plaie est noire. Qu'y a-t-il? lui demanda Julie en tremblant. Malheureux que je suis! s'écrie le charlatan, c'est la gangrène qui s'est mise à votre jambe. Julie pâlit. Il faut donc que je meure, s'écrie-t-elle. Sa femme de chambre court à l'appartement du comte, et se met à crier du ton le plus alarmant : au secours, la gangrène, la gangrène!

Tout paraît saisi de frayeur. Le

père, le marquis, volent à la chambre de Julie, derrière eux les domestiques avec Salier pâle et tremblant. Julie respire à peine. Le chirurgien se jette aux pieds du comte, proteste de son innocence, et jure qu'il n'y a point d'autre moyen de sauver la comtesse que de lui couper la jambe; mais, ajoute-t-il, il n'y a pas de temps à perdre. Voyez-vous, tout est noir comme mon chapeau. Le marquis tombe presque sans connaissance aux genoux de sa bien-aimée. Le père reste immobile d'effroi; il se tord les mains de désespoir. Que l'on courre à Cavaillon! s'écrie-t-il enfin, avec l'accent de la plus vive douleur, et il se jette dans un fauteuil, plus désespéré encore qu'auparavant, parce qu'il voit bien qu'il est impossible d'aller à Cavaillon.

C'est le nom de la ville la plus prochaine, où demeurait un habile médecin. Elle est située à la rive opposée de la Sorgue. Cette petite rivière s'enfle quelquefois avec une telle rapidité, qu'elle emporte tous les ponts et intercepte tout passage. A peine le comte eut-il prononcé le nom de Cavaillon, que le marquis, Salier et une partie des domestiques s'empressèrent de descendre pour courir à cette ville. Le marquis monte à cheval, pique des deux, et le voilà parti au grand galop. Salier et les autres domestiques le suivent. Le marquis atteignit le premier les bords de la Sorgue furieuse.

Le comte resta dans la chambre de sa fille, qui s'était un peu remise.

Il lui promet de prompts secours. Julie, lui dit-il, tranquillise-toi; le brave Grisval va nous amener le médecin. Que n'a-t-il déjà passé la Sorgue! Julie, à qui le danger de son amant faisait oublier le sien, se fait porter à la fenêtre. On entendait du château le bruit des flots impétueux. Le marquis arrivait à l'instant au bord de la rivière. Il s'arrête, va le long du torrent pour chercher le meilleur endroit où il puisse passer à gué. Il se hasarde à y faire quelques pas. Son cheval se cabre.

Julie tremble, elle ouvre la fenêtre, et dans l'épouvante où l'a mise le danger de son bien-aimé, elle ne pense pas qu'il ne peut l'entendre. Ah Dieu! s'écrie-t-elle, comme il m'aime! Eh bien! à présent, je mourrai contente. Un instant après, les domestiques accourent au bord de la rivière, Salier à leur tête. C'était un spectacle effrayant que celui de la Sorgue, roulant avec fracas ses flots écumeux. Des vagues mugissantes, débordant le lit de la rivière, déracinaient et emportaient les plus gros arbres, les brisaient dans leur choc impétueux, et les dispersaient au loin dans les plaines inondées. On voyait de toutes parts des pièces de terre entièrement ravagées par les masses énormes de rochers de Vaucluse, que l'onde furieuse entrainait avec un bruit rauque et affreux. Non, dit le père, effrayé à cet aspect déchirant, non, c'est impossible! et à l'instant qu'il parle, Salier se jette dans le fleuve, et disparaît. Salier! s'écria Julie pâle et tremblante; car elle ne le voyait plus. O la belle ame! Bientôt après, le courageux domestique reparaît à l'autre rive et, sans s'arrêter une minute, il se met à courir à toutes jambes, comme s'il eût vu la mort à sa poursuite. Cavaillon était en effet le seul lieu d'où l'on pût attendre des secours; car la Durance était aussi furieuse que la Sorgue, et il n'y avait point de médecin dans les petites villes situées entre ces deux rivières. Ma chère Julie, dit le comte à sa fille, nous aurons bientôt du secours. Salier n'a pu se sauver que par miracle. J'en accepte l'heureux présage; Dieu veut conserver les jours de Julie. On craignait beaucoup moins pour le passage du médecin, car la Sorgue est rarement courroucée plus de quelques heures, attendu que sa source n'est pas loin de là.

Le marquis revint enfin, furieux de sa propre irrésolution. Julie le serra dans ses bras, en pleurant de joie, et se félicitant de posséder encore une tête si chère. Il lui protesta cent fois qu'il aurait voulu mourir pour elle. Cependant le comte prit les plus sages mesures pour assurer le passage du médecin. Vers le soir, on aperçut une voiture sur la route de Cavaillon. Ce fut à qui courrait aux fenêtres. La Sorgue était encore assez agitée; néanmoins le danger n'était plus si pressant. On reconnut Salier qui conduisait le médecin au rivage. Après bien des efforts, les gens du château amenèrent un bateau au bord opposé. A la vue des flots tumultueux, le médecin refusa de s'exposer sur un frêle bateau, qui, suivant lui, pourrait bien être emporté par la rapidité du torrent. Il parla même de rebrousser chemin. Les domestiques du comte l'environnaient, ils le conjuraient de voler au secours de leur jeune maîtresse. Mêmes refus obstinés. Salier se jette à ses genoux qu'il embrasse. Les yeux de Julie se mouillent de pleurs à cet aspect. Dieu! s'écrie-t-elle, puisse-t-il consentir à venir me sauver! On lui réitère les plus vives instances; bien loin de s'y rendre, il retourne à sa voiture. Qu'on se représente les angoisses mortelles de la malheureuse famille d'Ormesson. Griswal et le comte entrent en fureur en voyant un homme si irrésolu. Julie, les mains jointes, le priait à voix basse de venir à son secours. Hélas! de près comme de loin, le médecin n'entendait, ne voyait rien que les flots prêts à l'engloutir. Il se débat, se dérobe aux efforts que Salier fait pour le retenir; il va remonter en voiture; la portière est ouverte; il a déjà posé un pied.... le vigoureux domestique le saisit sous les bras, l'enlève et, sans avoir égard à sa résistance, à ses cris, *il le porte dans le bateau* qui, sur-le-champ, s'éloigne du rivage.

Le médecin tremblant s'était mis à genoux. Salier, debout, tenait un long croc qu'il maniait avec la plus grande dextérité, pour diriger la barque à travers les décombres d'arbres, de rocs, au milieu des vagues irritées et menaçantes. Ils surmontèrent enfin l'effort des eaux, et arrivèrent heureusement à l'autre rive. Julie, ses parens, son amant, tout le monde poussa des cris de joie à la vue du médecin débarqué. La première action du docteur, lorsqu'il se vit échappé à la rapacité des flots, fut de donner des coups de canne au pauvre Salier, qui les recevait sans mot dire, et ne cessait de l'entraîner vers le village.

Tout vola au devant du médecin, qui montait les escaliers en jurant et tempêtant. Salier, qu'il ne discontinuait pas de maltraiter, lui donnait le bras. Monsieur le docteur, lui criait-il, dépêchez-vous de monter! Après cela, vous me battrez tant que vous voudrez, j'y consens. On l'introduit. Où est la malade? demande-t-il avec humeur. On lui montre Julie. Il voit son pied et lève l'appareil. Monsieur, lui dit madame d'Ormesson d'une voix entrecoupée de sanglots, ma fille sera-t-elle sauvée? Ah Dieu! faut-il lui couper la jambe? Le médecin secoue la tête, lui lave la plaie, la considère; tout le monde est dans l'attente et tremble.... Enfin il part d'un grand éclat de rire et s'écrie : C'est nous qui avons été en danger de mort, moi et le fougueux écervelé que voilà (en montrant Salier); la comtesse sera guérie dans deux fois vingt-quatre heures, sans perdre ni le pied ni la vie. Tout le monde sauta au cou du médecin, en jetant mille cris d'alégresse.

Les domestiques quittèrent la chambre. L'extrême angoisse, dans laquelle on avait été, et la joie qui l'avait subitement suivie, avaient fait, pour un moment, oublier la générosité de Salier. Julie avait jeté sur lui quelques regards affectueux, pour lui témoigner sa reconnaissance. Elle savait bien que c'était la seule récompense qui pût flatter ce jeune homme. Lorsqu'enfin la première ivresse de joie fut passée, le marquis fut le premier qui pensa au généreux Salier. Et Salier! s'écria-t-il tout-à-coup, ce bon, ce brave garçon! où est-il? Qu'on vienne nous dire encore que le pauvre n'est-pas susceptible de grandeur d'ame! C'est notre faute à nous qui ne savons pas la reconnaître, et la récompenser. Il sortit de la chambre, pour aller chercher le sauveur de sa Julie.

Il le trouve; et lui tendant la main, Salier, lui dit-il, je te remercie de ta générosité. Compte sur mon amitié, et accepte cette bourse. Salier la rejette, son regard s'obscurcit. — Prends donc, te dis-je. — Je ne vends point ma vie, Monsieur, je suis suffisamment récompensé par le désir que j'ai eu de sauver la comtesse. Rien ne put l'engager à accepter l'argent que le marquis lui présentait.

Le comte lui offrit aussi une récompense. Il la refusa avec une sorte d'indignation. Il se trouvait offensé de pareilles offres. Le lendemain matin, il alla porter le thé à Julie. Elle était encore au lit; l'agitation, où elle s'était trouvée la veille, l'avait fatiguée. Il posa le cabaret sur la table, sans lui dire un seul mot. Il était entré dans la chambre en tremblant. Il craignait qu'elle ne s'avisât aussi de lui offrir de l'argent, et il sentait qu'une offre de cette nature, de la part de Julie, lui ferait bien de la peine.

—Salier ! lui dit-elle doucement, voyant qu'il ne la regardait pas, Salier, tu es un homme d'honneur; et en prononçant ces mots, elle lui présenta sa main, et s'inclina même avec une sorte de respect. Je suis bien fâchée, ajouta-t-elle avec émotion, qu'une erreur si étrange t'ait fait exposer tes jours. Je suis persuadée que tu te réjouis, avec toute la maison, de ce que ma blessure n'aura point de suites; mais je t'assure, mon cher Salier, que je voudrais avoir été réellement en danger, pour que tu eusses pu goûter le plaisir de m'avoir sauvée. Je ne puis, poursuivit-elle, les yeux baignés de larmes, je ne puis te récompenser qu'en t'assurant que je t'aime, et que je m'intéresserai toujours à ton bonheur. Dieu veuille que je puisse un jour t'en donner des preuves.

—La meilleure que vous puissiez me donner, répondit Salier à voix basse, c'est de me permettre de rester à votre service.

—Oh ! pour cela, reprit-elle, avec un doux sourire, j'aime à te l'assurer ; oui, Salier, tu resteras près de moi, tant que je vivrai ; car tu m'es devenu cher, bien cher. A peine put-elle proférer ces dernières paroles, tant elle était attendrie. Ses beaux yeux répandirent des larmes en abondance. Verse-moi une tasse de thé, ajouta-t-elle. Il lui obéit; mais sa main tremblait : son émotion égalait celle de Julie. Il quitta la chambre, sans dire mot. Elle l'avait dignement récompensé ; car elle ne lui avait point offert d'argent.

Un instant après, Julie ne fut point maîtresse d'un sentiment, qui vint l'affliger. Le marquis avait moins fait pour elle que Salier. Dès qu'elle revit Grisval, elle ne put s'empêcher de lui faire part de cette réflexion, cependant sur le ton de la plaisanterie. D'un autre côté, la généreuse fidélité de son domestique s'imprimait de plus en plus dans son ame. Elle lui vouait, au fond du cœur, une bienveillance sans bornes; il avait toute sa confiance; et elle se plaisait à penser qu'il resterait près d'elle. L'amour qu'elle portait au marquis fit bientôt disparaître jusqu'aux moindres traces du sentiment pénible qu'elle avait éprouvé : elle se retrouva heureuse dans la possession de son amant et dans celle d'un serviteur aussi fidèle que l'était Salier.

Les domestiques de la maison parlèrent beaucoup de cette aventure.

Lorque tu t'es précipité dans les flots, lui dit l'un d'eux, je croyais que c'était le marquis; et je ne pus m'empêcher de dire à haute voix. Dieu! prends pitié de lui; il est perdu! Mais le chasseur s'est écrié: Ah! le pauvre Salier! Alors je vis que ce n'était pas M. de Grisval.

—Entre nous soit dit, interrompit le chasseur, c'était en effet plutôt à l'amant qu'à Salier qu'il convenait de se jetter dans le torrent. Vois, mon ami, la comtesse Julie n'est pour toi que la fille de nos maitres, et tu as exposé tes jours pour sauver les siens. Que n'aurais-tu pas fait pour une personne dont la main te serait promise?

—J'aurais peut-être balancé, répondit Salier. Je crois qu'il n'y a au monde que notre bonne comtesse pour qui je voulusse ainsi tout hasarder.

— Oui, je t'entends; mais si la comtesse Julie était ta future, c'est ce que je veux dire, si tu avais été à la place du marquis, que ferais-tu ?

—Si la comtesse Julie était ma future, reprit lentement Salier, ah ! je me précipiterais dans les enfers.

— Eh bien! c'est justement où j'en voulais venir. Le marquis, par conséquent, aime bien moins notre bonne comtesse que tu ne l'aimerais, toi, si elle était ta future.

Salier se détourne. Si elle était ta future, dit-il entre ses dents. Et son imagination lui représente Julie en robe du matin, parée de son bouquet d'acacia, et lui présentant la branche fleurie, comme elle lui avait présenté la main. Mais cette vision ne dura qu'un seul instant; il revit bientôt dans Julie la comtesse, la fille de ses maîtres. Un éclair lui avait montré cette figure enchanteresse; mais l'apparition ne pouvait durer; car nul espoir, pas même la plus faible lueur d'espoir ne pouvait donner la moindre consistance à ses désirs. Son amour s'éteignit donc dès sa naissance. Cependant, la tête remplie des idées qu'on venait de lui susciter, il se disait à lui-même: Non, il ne l'aime pas; sinon il se serait, aussi peu que moi, aperçu de la fureur des flots. Il ne l'aime pas, et la comtesse est malheureuse. C'en est fait! Il s'arrêtait sans cesse à cette pensée. Ce n'est pas qu'il crût avoir la moindre prétention à la main de Julie : il ne s'égarait pas jusqu'à ce point; mais, selon lui, Grisval ne la méritait pas. Un sombre nuage se répandait sur son front toutes les fois que le marquis embrassait Julie. Il fronçait le sourcil toutes les fois qu'il lui entendait prononcer le nom d'amour.

En un mot, il la croyait malheureuse; il sentait que son cœur la méritait plus que celui de Grisval; il était, plus que le marquis, en état de tout entreprendre pour elle. Telle était l'étrange jalousie qui s'était emparée de son ame. Celui-là seul qui pouvait tout faire pour Julie, pour l'aimable Julie, était digne de la posséder. Il ne pensait pas à lui-même; mais l'amour cherchait une porte extraordinaire pour entrer dans son cœur.

Salier était naturellement rêveur; mais dès-lors il le devint encore plus. Une noire mélancolie se répandit sur son visage.

Julie s'en aperçut. Elle le surprit plusieurs fois fixant sur elle un regard sombre et expressif. Elle voyait que son attachement pour le marquis commençait à se refroidir. Elle lui en parla un jour. Salier balbutia, et ne répondit rien de précis; il la regarda tristement. T'aurais-je offensé? lui demanda-t-elle avec intérêt. Vous! répliqua-t-il en portant la main sur son cœur, vous êtes trop bonne, trop bonne! Le pauvre garçon, dit-elle en le quittant, il n'est pas heureux!

Elle crut un moment deviner la cause de sa tristesse. Mais elle ne voulut pas éclaircir ses doutes, de crainte d'avoir sujet de se fâcher contre le pauvre Salier, qui avait tant fait pour elle.

Il n'y avait, dans toute la maison, personne qui s'occupât de toutes ces bagatelles que Julie quelquefois et Salier toujours. Le roi était prisonnier. On venait de déclarer la république. Le terrible fédéralisme exerçait ses fureurs dans le midi. Avignon, Aix, Marseille étaient déjà remplies de meurtriers.

La plupart des châteaux, situés à la proximité des villes, étaient déjà détruits. Le comte avait fait de grands sacrifices pour sa patrie. Cependant on lui écrivit, de Marseille de se tenir sur ses gardes. Son nom était inscrit sur la liste des proscrits. Cette nouvelle consterna tout le monde. Le marquis pâlit à la lecture de la lettre. Il proposa au comte de se dérober à l'orage lui et sa famille, et de se retirer en Italie. Les décrets rigoureux, qu'on venait de lancer contre les émigrans, retenaient le comte. Non, dit-il, je suis trop vieux, pour trembler et aller mendier. Je demeure. Eh bien! qu'ils me tuent. Ma mort assurera du moins mon bien à ma famille.

Julie, la malheureuse Julie se lamentait. Elle se voyait déjà elle et ses parens, succombant sous les coups des assassins. Elle conjura son père de fuir. Les avis redoublèrent sans qu'il en voulût profiter. Enfin personne n'osa plus le prier de quitter sa terre que Salier; mais aussi, lorsque M. d'Ormesson eut pris la ferme résolution de rester, personne ne montra autant de courage et de résignation que ce fidèle serviteur. Je défie le plus audacieux meurtrier d'approcher de votre père, tant que je vivrai, dit-il à Julie, d'un ton qui annonçait son dévouement et son intrépidité. En effet, il était bien le seul qui avisât aux moyens de défense. Il parcourait le village, et parlait aux paysans des bienfaits, de l'humanité de Julie. Il préparait les habitans à une visite de la part des assassins. Il leur inspirait le courage qui l'animait. Son vieux père coopérait de toutes ses forces à mettre les villageois dans les intérêts de leur seigneur; et Salier commença à devenir un personnage important et même indispensablement nécessaire au comte.

La plus grande consternation régnait dans la famille. Le marquis assurait, à chaque instant, Julie, qu'il mourrait pour elle ; Julie passait ses beaux bras autour du cou de son amant, et elle inondait son visage de ses larmes. Cependant des émissaires des meurtriers s'étaient déjà glissés dans le village. Ils répandirent des pamphlets, tinrent des discours incendiaires, pour exciter les paysans contre le comte d'Ormesson.

Salier fut menacé. Il parla d'une prochaine visite des assassins d'Avignon, et fit un dernier effort pour réunir les habitans, et les engager à prendre le parti de leur seigneur.

On en vint à une rixe : un des émissaires tira son sabre, et frappa Salier. Il lui aurait fendu la tête, s'il n'avait pas été dans l'ivresse. Salier le prit rudement au collet, et l'abattit en appellant à son secours les autres villageois. Mais la plupart, gens pusillanimes, le secoururent plus par de frivoles excuses que par des efforts réels. Le courageux domesque eut la douleur d'entendre derrière lui des ris et des menaces. Il s'en retourna tout sanglant au château : il avait reçu un coup de sabre au bras. Le comte alla au devant de lui. — Qu'as-tu, Salier? — Moi, je n'ai rien; mais, monsieur d'Ormesson, c'est à vous qu'on en veut. Le danger est plus imminent que vous ne le pensez. Sauvez-vous, sauvez votre épouse, votre fille. Dans une heure, il sera peut-être trop tard. — Le comte l'embrasse. Où fuir, Salier? Où nous retirer, mon ami?

Nous avons deux routes, lui dit Salier; c'est à vous de choisir: l'une dans les montagnes, par Nice en Italie; et l'autre par delà le Rhône, pour vous rendre à Uzès, où tout est encore tranquille. La vivacité, avec laquelle il parlait, attira toute la famille. Ils joignirent leurs prières à celles de Salier.

Le comte consent à fuir. Salier court, ferme les portes, les barricade avec des solives et des pierres. La Durance coule derrière le château; mais le pont qui sert à la passer, se trouve tout en haut du village. Il lâche les chiens, poste quelques domestiques le long des murailles, avec l'ordre exprès de tirer de temps à autre des coups de fusil, et de n'ouvrir la porte qu'en cas de menaces. Quant à lui, il se charge de vivres, fait un paquet de tout l'argent comptant, des bijoux et des pierreries. Et le voilà qui conduit, à travers le jardin, la famille, tremblante de frayeur, jusqu'à la Durance, qui était guéable en cet endroit. Voici notre chemin, dit-il, courage! Il prend Julie dans ses bras, et la porte avec précaution au travers du fleuve; puis il vient chercher la comtesse. Il conduit ensuite par la main le vieux comte, puis le marquis. La nuit approchait. Déjà ils entendaient derrière eux des cris épouvantables. Voilà les meurtriers! s'écria Julie, en passant ses beaux bras autour du corps de Salier. Et nous voilà sauvés! ajouta Salier, en la pressant avec transport contre son sein.

Nos fugitifs s'enfoncent dans un bois. On continuait, tristement et sans mot dire, son chemin, lorsque Salier s'arrêta; et se mettant à tousser.....

Une voix lui répond; c'était un jeune paysan du village. Il raconta que les clubistes étaient arrivés. Ils ont arrêté ton père. Ils veulent l'assassiner si tu ne viens leur découvrir la retraite du comte. Le château est pillé. Ils ont apporté la sentence de mort de notre seigneur, signé par la municipalité de Marseille. — O mon père! s'écria Salier accablé de douleur.—Vois-tu comme ils poursuivent leurs recherches? — On voyait de l'autre côté de la rivière des flambeaux dans les champs. — Personne ne viendra vous chercher de ce côté; car les deux ponts étaient déjà gardés depuis plusieurs jours, et l'on ne sait pas le chemin du jardin. Cependant hâtez-vous. — Que dirai-je à ton père? — Dis-lui, répondit Salier en s'interrompant à chaque mot, dis-lui que j'irai le sauver dès que la comtesse Julie sera hors de danger. Dépêchons-nous. — Grisval marchait lentement. Nous confions notre vie à un homme qui pourrait sauver son père en nous trahissant, dit-il au comte. — Et qui, s'il vous en souvient, monsieur le marquis, a déjà exposé ses jours pour sauver ceux de Julie. Quel est celui qui mérite plus ma confiance que ce même homme qui a tout fait pour nous?

Cependant les flambeaux s'approchaient. On les voyait distinctement passer les ponts aux deux extrémités du village. On entendait au loin les cris des assassins. Il y avait bien là de quoi redoubler les craintes de la famille proscrite. Mais sur quoi se fonde notre sécurité, demanda le marquis avec humeur? — Sur ma probité, répondit froidement Salier. On commençait à entendre plus distinctement les vociférations des brigands. Salier s'arrête. — Ne voudriez-vous pas, monsieur le marquis, donner le change à ces porte-flambeaux? Vous n'avez qu'à remonter le long de ce ruisseau jusqu'à ce que vous soyez derrière. Et alors vous crierez de toutes vos forces : Ici, ici! Vive la république! Vos cris les attireront, et leur feront suivre la route de Digne. Pour nous, nous ne quitterons pas d'une heure le ruisseau qui aboutit à la route d'Avignon. Le marquis hésite.....— Mais, dit-il, en vérité, tu me donnes-là un rôle dangereux. — Le rôle de sauver votre Julie, reprend Salier indigné. J'y vole, moi. Au bout d'une heure il les rejoignit hors d'haleine, avant même qu'ils eussent gagné la grande route.

Salier quitta la chaussée dès qu'il aperçut la lanterne de la garde nationale, postée à l'entrée pour demander les passeports. Le seigneur est de mes amis, dit le marquis : nous pourrons bien nous glisser derrière les jardins. — Pour nous trahir ! ajouta sèchement Salier. — Crois-tu être le seul qui ait du cœur? — Non, répondit Salier; mais ici, je connais mieux le terrain que vous. — Le marquis insista. Il fut résolu qu'on traverserait quelques jardins pour se procurer au moins deux montures pour les dames. Salier, obligé de céder, obtint, non sans peine, que le marquis et lui les devanceraient. Le comte et sa famille devaient suivre; et au cas qu'ils entendissent du bruit, il leur enseigna le chemin qu'ils devaient prendre. Grisval et Salier s'approchèrent doucement des haies. Quelques voix leur crièrent : Qui vive? Le marquis s'arrête. C'est, répond Salier, un patriote qui s'est égaré. — Approche ; ton passeport. — Fuyons, vite, vite! dit tout bas le marquis tremblant. — Non, ce serait perdre le comte, répondit Salier.

Grisval était déjà bien loin. Hors la garde, s'écria la voix, holà! accourez. Des ennemis de la patrie, des émigrans, aux armes! Le marquis avait déjà rejoint la famille. Salier allait plus lentement que lui, d'un côté opposé; et il répondait. On le poursuivit. Il attira les gardes de côté et d'autre; puis il fit un long détour pour rejoindre le comte.

Pourquoi ne m'as-tu pas suivi? lui demanda le marquis. — Pour ne point attirer le danger sur vos pas. A présent, ils nous cherchent sur le chemin par où nous sommes venus. Hâtons-nous. Nous serons bientôt en sûreté. Homme bon et généreux! dit Julie en serrant la main de Salier, après avoir entendu ce récit.

A la pointe du jour, comme ils tournaient à gauche, du côté de la Sorgue, ils rencontrèrent quatre gardes nationaux qui, assis près d'un taillis, semblaient postés en cet endroit pour observer la grande route. — Halte-là, citoyens! d'où venez-vous? Tout trembla; mais Salier répondit sans se déconcerter: Nous venons de Sisteron. Nous sommes des patriotes chassés par les royalistes; et nous allons à Avignon pour y chercher des vengeurs. — Au diable les royalistes! Vos passeports? — Camarades, des passeports, nous en aurons à Avignon. Nous sommes encore bien heureux d'avoir pu sauver nos vies.

Un volontaire saisit le comte par le bras : Point de passeports ; il faut par conséquent aller avec nous à Avignon ; aussi bien n'avez-vous pas l'air de paysans. — Qu'avez-vous là, voyons? — Salier se saisit, d'une main, du sabre d'un des soldats. Deux gardes tirent leurs sabres. Julie s'enfuit avec sa mère sur la route; le comte les suit. Salier est frappé à la tête d'un coup de pique. Le marquis s'enfuit. On tire sur lui un coup de pistolet. — Tue, tue ce vieux coquin-là! criait-on. A l'instant arrive, vite comme l'éclair, Salier poursuivi par un des gardes nationaux. — Coquin! s'écrie-t-il; et il abat à ses pieds celui qui tenait déjà le malheureux comte. Il revient sur ses pas, fond sur l'autre, et le frappe si rudement à l'épaule, qu'il cherche son salut dans la fuite en poussant d'affreux hurlemens. Le quatrième s'arrête en voyant tomber ses camarades. Tout cela fut l'affaire de quelques momens. En avant sur la montagne! crie Salier à son maître éperdu. Au bout d'un quart-d'heure, il revient triomphant. Les voilà maintenant dans la plaine de l'île. Le marquis ne reparut pas : il avait gagné le taillis, et s'y était perdu.

A peine le soleil dorait-il le sommet des montagnes, qu'ils virent devant eux un vallon, et Salier s'écria : Dieu soit béni! nous voilà sauvés. Ce vallon était entouré d'un cercle de monts qui, recourbant leur chaîne, formaient une voûte immense, sous laquelle leurs eaux se réunissaient dans un vaste bassin. Salier conduisit la malheureuse famille par un chemin étroit et pierreux, sur la hauteur, d'où l'on voyait la Sorgue rouler dans la vallée ses eaux limpides. Le chemin devenait toujours plus raboteux, la contrée plus stérile et plus déserte; d'énormes rochers paraissaient suspendus sur leurs têtes. Ces mots de Salier : Nous voilà sauvés! avaient rendu quelque espérance à la famille d'Ormesson. On s'assit au milieu des rochers. Salier dépaqueta les comestibles qu'il avait apportés. Il se préparait à les servir. Nous servir! dit le comte avec attendrissement. Assieds-toi près de nous. Tu es maintenant de ma famille. Julie regarda Salier avec un doux sourire, et elle se rapprocha de son père, pour lui faire place. Il rougit, et en s'asseyant auprès de Julie, il sentit son cœur palpiter.

Après ce frugal repas, ils se levèrent pour suivre leur route. Salier conduisait Julie, et M. d'Ormesson son épouse. Julie, revêtue d'habits de paysanne, n'était plus pour le jeune homme la comtesse Julie. Il la regardait avec plus de hardiesse qu'autrefois. Il frémissait de plaisir, en embrassant son corps délicat et rempli de grâces. En un mot, il portait plus Julie qu'elle ne marchait, et pour la première fois de sa vie, il sentit naître dans son cœur le désir de la presser un jour contre son sein, et de donner un baiser aux lèvres vermeilles de son adorable Julie. C'est alors que l'amour entra dans son cœur. Son sang bouillonna dans ses veines, et la main qu'il avait passée autour du corps de Julie, commença à trembler. Il s'oublia, il oublia la comtesse, et, dans son ravissement extatique, il manqua de s'écrier d'un ton triomphant : O ciel ! que je suis heureux !

Après avoir gravi des rochers escarpés, ils se trouvèrent vis-à-vis d'une grotte immense, que la nature avait formée dans le roc, et d'où la Sorgue répandait ses eaux pures et limpides. Voilà la source de Vaucluse! s'écria Julie; n'est-ce pas? Salier répondit qu'oui. Ils entrèrent dans la grotte. A mesure qu'ils avançaient ils se trouvaient enveloppés de ténèbres. Salier les conduisit dans une grotte plus petite. Voici, dit-il, votre demeure, jusqu'à ce que je me sois procuré un bateau pour vous mener plus loin. Toute la famille considéra avec effroi le sombre palais qu'elle allait habiter. Ils contemplèrent la seconde grotte, au milieu de laquelle s'élève, d'un gouffre sans fond, l'inépuisable source de la Sorgue. Cependant, Salier dépaquetait les vivres, et les plaçait dans les trous des rochers. Ils s'assirent ensuite tous quatre autour du bassin, et mêlèrent leurs larmes aux flots bleuâtres de la fontaine. Salicr leur montra un petit réduit où ils pourraient se cacher. C'était un creux de rocher, dans lequel on pouvait descendre sans beaucoup de peine, et sans être aperçu. Cette mesure prise, il se hâta de chercher les moyens d'établir toutes les commodités possibles dans leur nouveau séjour. Au bout de deux heures, il leur rapporta, des prairies voisines, du foin, pour leur procurer une couche molle et douce.

Il repartit, et revint bientôt après avec des ustensiles de cuisine. Il avait eu aussi le soin d'acheter quelques couvertures au village de Vaucluse. La journée se passa en préparatifs, pour l'arrangement de leur petit ménage. Il alla chercher de l'eau, parce que celle de la fontaine n'est point potable. Il pourvut à tous leurs besoins; en un mot, il était inépuisable en inventions, pour leur procurer toutes les commodités qu'il était possible de rassembler dans un lieu si sauvage.

Il fallut songer à faire la cuisine. Salier fit du feu avec l'aide de Julie. Et lorsqu'ils s'occupaient l'un et l'autre, près de leur petit foyer à préparer le repas champêtre de la famille, et que Julie faisait goûter la soupe à Salier, et qu'elle la goûtait après lui, il n'eût pas changé de sort avec les plus grands monarques, tant il s'estimait heureux. Vers le soir il les laissa dans la grotte, après les avoir assurés qu'il serait de retour au bout de vingt-quatre heures. On se coucha, après s'être entretenu encore bien long-temps de la bonté de Salier. Le lendemain se passa en plaintes amères, et dans des transes continuelles. Ils frissonnaient au moindre bruit et Julie s'écriait à chaque instant : Ah ! si Salier était de retour ! C'est alors qu'ils sentirent, pour la première fois, qu'ils n'étaient rien, absolument rien sans lui. Les heures se succédaient ; l'impatience les faisait trouver extrêmement longues ; et enfin le temps fixé pour le retour de Salier s'écoula aussi. Où est-il ? dit le comte d'un ton inquiet. La comtesse était dans une frayeur mortelle. — Dieu ! s'il était arrêté ! Et l'esprit, remplie de cette triste idée, elle poussa un cri de douleur, et se jeta dans le bras de son mari.

Julie était aussi effrayée que sa mère. Elle voyait bien que leur perte serait inévitable, s'il était arrivé quelque malheur à Salier. Elle quitta la grotte, pour voir si elle ne le découvrirait pas. Après avoir fait le tour du rocher, pour monter sur la hauteur, elle aperçut Salier, accablé sous le poids des provisions qu'il rapportait. La joie qu'elle ressentit à sa vue, fut si grande, qu'elle oublia tout, pour courir à sa rencontre. Elle l'embrassa, le serra contre son sein, en poussant des cris d'allégresse. *Dieu soit loué ! Je te revois, Salier, tu nous es rendu !* Salier passa en tremblant ses bras autour du corps de Julie. Ses joues étaient inondées de ses pleurs; il était tout hors de lui. Enfin elle se dégagea de ses bras, avec une sorte d'appréhension, et reprit le chemin de la grotte. Il la suivit d'un pas mal assuré, sans proférer un seul mot. Son cœur était partagé entre la douleur la plus aiguë et la joie la plus vive. Son père venait d'être assassiné; Julie venait de le presser contre son sein. Il s'arrêta à l'entrée de la grotte, fixant ses regards sur Julie.

Il ne revint à lui que quand le comte lui eut adressé la parole. Mon père, dit-il, en frémissant d'horreur, mon père vient d'être assassiné. Je l'ai vu mourir, et je n'ai pu le sauver. Votre vie était le prix de la sienne! En prononçant ces mots, il tombe le visage contre le rocher, l'embrasse avec étreinte, comme pour implorer sa pitié. Il était tout hors de lui. Et nous, sommes-nous en sureté? lui demanda quelques instans après M. d'Ormesson. Après une assez longue pause, Salier lui répondit enfin d'un ton plein d'amertume : *Hé! votre sûreté ne me coûte-t-elle pas un père.*

Il prononça ces paroles avec l'accent d'une si profonde douleur que tout le cœur de Julie en fut ému. Elle s'approcha de lui, se baissa pour le relever. Lorsqu'il se sentit ainsi pressé de ses bras, il lui tendit à son tour les seins; et Julie, qui sentait la grandeur du sacrifice, Julie, qui en était digne, le serra contre son sein agité. Le comte et son épouse l'embrassèrent. La comtesse n'écoutant que la tendresse que lui inspirait tant de dévouement, le nommait son fils, son cher fils. Il ne put tenir contre tant de coups à la fois, et tomba évanoui entre leurs bras. Julie lui frotta le front avec du vin, et lorsqu'il reprit ses esprits, il se vit soutenu de ses mains et arrosé de ses larmes.

On prit quelque nourriture, et, après s'être consolé par l'espoir d'un avenir meilleur, on tâcha de goûter du repos. Salier alla se poster devant la grotte, pour prévenir toute surprise, malgré les instances qu'on lui fit de rester près de la famille. Julie lui porta du foin de sa couche. Oh! lui dit-elle, il faut bien que je veille à tous tes besoins, mon cher

Salier, puisque tu te prives de tout pour nous. Tiens, repose-toi sur ce foin, et pense à moi, oui pense à Julie, qui te doit sa conservation. Le jeune homme prit ses mains, qu'il baigna de ses pleurs. Il pressa le foin contre sa poitrine. Hélas! dit-il à voix basse, et sans penser qu'il trahissait son secret: elle veut que ce cœur déchiré trouve du repos sur ce foin qu'elle m'apporte. Julie s'en retourna dans la grotte en pleurant.

Le lendemain matin, lorsqu'elle s'éveilla, elle vit Salier à son côté: il la regardait à la lueur de la lanterne, et il se détourna, dès qu'elle ouvrit les yeux. Elle commença à sentir qu'il l'aimait; mais elle n'éprouva point de mouvemens d'indignation contre lui. Elle rougit même, en pensant qu'il n'existait dans son cœur aucun sentiment, qui répondît à son amour. La générosité de Salier l'avait élevé jusqu'à elle ; l'état dans lequel elle se trouvait l'avait rabaissé jusqu'à lui. Elle se contenta de lui souhaiter le bon jour. Il lui dit qu'il allait aviser aux moyens de pourvoir à leur sûreté définitive. Elle lui tendit la main en répondant : mais ne reste pas longtemps absent. Il la prit cette main qu'elle lui présentait d'un air si gracieux, puis s'agenouillant devant son lit, il la pressa contre ses lèvres, salua Julie respectueusement, et partit.

Cette passion secrète, mais dévorante, cet amour vertueux, cette fidélité muette, ce dévouement absolu, tous les nobles sentimens de Salier ne laissaient pas de porter le trouble dans son ame. Elle compara la fuite du marquis avec la résignation et l'intrépidité de Salier. La pusillanimité du premier lui faisait verser des larmes d'indignation; elle en répandait de reconnaissance, en pensant au courage du second. Comment récompenser le jeune homme, qui avait tant fait pour elle? Pouvait-elle dire : *Je ne t'aime pas!* à celui qui l'aimait si ardemment? Elle voyait approcher l'instant, où Salier lui déclarerait sa tendresse, qu'elle lui avait inspirée. Elle passa la journée dans un trouble extrême. Elle ressentait plus d'agitation, en réfléchissant à la passion de Salier, qu'en méditant toute l'horreur de son sort.

Il revint vers le soir. La satisfaction était peinte sur son visage. Dans quelques heures, dit-il à Julie, du plus loin qu'il la vit, dans quelques heures vous serez ce que vous étiez... la comtesse d'Ormesson.... Julie le regarda, sans s'apercevoir que cette réflexion diminuait la joie de Salier. Il s'empressa d'aller annoncer cette nouvelle aux parens, qui sur-le-champ se mirent en route. Salier conduisit Julie avec la plus grande précaution le long des bords de la Sorgue. Au bout d'une heure, ils entrèrent dans un bois. Il fallut leur faire un chemin à travers les branches d'arbres, les broussailles et les épines, qui semblaient interdire tout passage. Ils regagnèrent enfin les bords de la Sorgue, où ils trouvèrent un bateau avec deux bateliers. Ils s'embarquèrent en silence; et ces deux hommes les conduisirent, à force de rames, le long de cette rivière, jusque dans les environs d'Avignon Ils descendirent un taillis, et traversèrent le champ spacieux et pierreux de la Crau jusqu'au Rhône, où ils trouvèrent un autre bateau plus grand que le premier. Ils continuèrent leur route sur ce fleuve; et à la hauteur d'Arles, ils eurent le bonheur de ne point être aperçus par les gardes. Ils s'étaient tous couchés, et la barque voguait sans conducteurs. Puis ils virèrent du côté de Sainte-Marie, où se trouve le bras oriental du

Rhône; et ce ne fut qu'en forçant de rames qu'ils sortirent de l'embouchure. Après avoir navigué environ une heure le long des bords à l'est, on fut surpris de n'y point trouver la chaloupe anglaise qu'on y attendait.

Les bateliers parurent embarrassés; ils parlèrent de retourner, d'aborder. Le jour commençait à poindre; on entendait la voix des gardes nationaux. A la prière de Salier, les bateliers consentirent à continuer de voguer; mais lorsqu'ils eurent passé l'étang de Berre, et qu'ils ne virent point de vaisseau, ils perdirent courage. — Voyez-vous, dit l'un d'eux, nous voilà près de golfe de Marseille. Il est plein du navires; il n'y a pas moyen de passer. Et puis les brisans, qui se trouvent en quantité dans cet endroit. Il faut rétrograder. Nous trouverons, au rivage près de l'embouchure du Rhône, un bois..... que je connais, interrompit Salier. Il va faire grand jour; les gardes nationaux sont sur le rivage; il faut y renoncer. — Il tire un pistolet de sa poche..... Virez le cap au sud; hissez la voile. Que je n'entende pas le moindre mot. A vingt lieues d'ici, nous serons à la hauteur de Toulon. Nous vous donnons vingt louis si vous forcez de rames; mais je brûle la cervelle au premier de vous qui parlera encore de rebrousser chemin. Les bateliers, voyant qu'il avait déjà bandé son arme, se turent, et hissèrent la voile. Salier se mit lui-même au gouvernail, et dirigea au sud-est. Le comte ajouta encore à la somme promise. Ils s'avancèrent ; et les bateliers voguèrent si bien, qu'au bout de deux heures ils perdirent entièrement les côtes de vue.

Salier chantait pour ranimer les bateliers et surtout Julie, qui, se trouvant en pleine mer sur un petit bateau, se croyait déjà la proie des flots. Enfin on aperçut un pavillon. Salier tira un coup de pistolet. Tout le monde se mit à ramer : Julie à appeler et à faire des signes. On approche. C'était une frégate anglaise qui croisait devant Marseille. On les prit dans le navire. Dès qu'ils y furent, Salier se jeta aux genoux de Julie. A présent, dit-il en sanglottant, vous êtes sauvée, ô ma bonne maîtresse! Il voulait baiser son tablier. Julie le retira en rougissant et lui tendit la main. Le comte l'embrassa en pleurant. Il raconta au capitaine tout ce qui s'était passé. L'Anglais embrasse aussi le jeune homme, qui inspire une sorte de respect à l'équipage, tant la vertu a des droits sur toutes les ames. Le capitaine ne savait que faire de ses nouveaux hôtes; mais le hasard le servit mieux qu'il n'avait osé l'espérer. Il vint à passer un bâtiment hambourgeois qui se rendait à Trieste.

Il s'offrit de prendre les quatre Français à son bord; et quelques jours après ils arrivèrent à Trieste. La famille tint conseil pour décider où elle s'établirait. A peine permit-on à la comtesse d'y séjourner trois jours pour se remettre du mal de mer. Ils allèrent enfin en Suisse, où ils habitèrent une petite maison de campagne, dans une contrée riante, mais aussi fort solitaire, à quelques lieues de Berne.

Le comte y vécut très-économiquement du petit trésor qu'il avait sauvé; et Salier continua d'être l'ame de la malheureuse famille. Il employa tous ses soins à la culture du jardin, acheta quelques vaches, et ne négligea aucun des moyens, qui étaient en son pouvoir, pour procurer à ses maîtres tous les besoins de la vie à peu de frais. M. d'Ormesson, son épouse et sa fille sentaient combien ils devaient à ce généreux compagnon de leur infortune. La reconnaissance n'était pas pour leurs cœurs un fardeau insupportable, elle était un plaisir. Aussi traitaient-ils Salier, non comme un domestique, mais comme un ami fidèle, qui s'était associé à tous leurs dangers. Et Salier, de son côté, les traitait avec plus de respect qu'autrefois.

Julie cessa de craindre que Salier ne s'avisât de lui déclarer son amour. Sa retenue et son respect décelaient, malgré lui, le feu qui le dévorait. Lorsqu'elle affectait de ne point s'en apercevoir, Salier pouvait rester des heures entières à la considérer; et de longs soupirs redoublés agitaient son sein. Son unique étude était de lui plaire; tout son bonheur de prévenir le moindre de ses vœux, sans rien demander pour tant de soins et d'amour.

Un attachement si désintéressé était bien fait pour lui gagner l'amitié de Julie. Elle ne se sentait point disposée à récompenser la tendresse de Salier par le don de son cœur; mais elle faisait tout ce qui dépendait d'elle pour le rendre heureux. Bientôt tout ce qui concerne l'économie, le soin de préparer les repas, fut de son ressort. Elle ne s'habillait plus que comme les personnes de médiocre condition, et, toujours aux côtés de Salier, elle partageait tous ses travaux. Lorsqu'il bêchait le jardin, elle se mettait à l'aider; lorsqu'il allait couper du bois à brûler, elle l'accompagnait à la forêt. Aux heures perdues, il lui faisait la lecture; elle ne le quittait et ne le revoyait jamais sans lui tendre la main, et Salier était satisfait.

— Il ne se contentera pas toujours de cela, se disait Julie à elle-même ; il m'en demandera bientôt davantage. Elle se trompait. Jamais il ne se permit un seul mot à ce sujet ; jamais il ne jeta sur elle un regard indiscret : jamais il ne lui échappa le moindre geste qui décelât sa passion ; mais ce qui le trahissait, c'était cet œil sombre qu'il fixait furtivement sur elle ; c'étaient ces longs soupirs qui soulevaient sa poitrine ; c'était cette noire mélancolie qui s'emparait de lui lorsqu'il était question de l'amour de Julie pour le marquis, et des espérances qu'elle avait encore de le revoir un jour (car il était aussi émigré) ; c'était ce lugubre chagrin qui l'obligeait de s'éloigner pour aller pleurer au pied des ifs ou des saules, où Julie le surprenait ordinairement le soir; c'était l'air tristement rêveur qui régnait sur toute sa personne ; c'était, en un mot, la romance plaintive qu'il fredonnait langoureusement, et qu'il appliquait à sa situation désespérée.

Elle l'accompagnait lorsqu'il allait seul au jardin; elle se tenait affectueusement à son bras; elle lui prenait la main, s'asseyait près de lui à l'ombre des sapins, jouait et plaisantait familièrement avec lui. Lorsqu'elle voulait se relever, elle passait son beau bras autour de son cou..... Salier frissonnait, soupirait, se tournait de côté et d'autre pour cacher son trouble; et, quand alors elle lui demandait ce qu'il avait. — Ce que j'ai? Oh! je suis infiniment heureux! lui répondait-il sans entrer dans d'autres éclaircissemens. Cependant Julie, à demi fâchée de son silence, lui parlait enfin du marquis Grisval. Alors il prenait impétueusement sa main, et lui disait : Il viendra, et Julie sera heureuse! — Et Salier? lui demanda-t-elle un jour. — Salier, reprit-il en levant les yeux au ciel, Salier sera heureux, si Julie est heureuse. Puis il la quitta brusquement pour aller s'enfoncer dans la plus profonde solitude de la forêt voisine.

Elle le suivit de l'œil. Elle eut presqu'envie d'aller lui dire que le marquis se trouverait difficilement; il lui en coûta pour ne le point faire. La pauvre fille! Elle commença dès-lors à devenir aussi sérieuse et presque aussi mélancolique que Salier. La sérénité ne résidait plus sur son front; le sourire s'enfuyait de ses lèvres. Elle ne pouvait bien démêler quel sentiment l'agitait. Elle prenait pour de la compassion ce qui, depuis long-temps, était un véritable amour. Salier était heureux sans le savoir. C'était surtout son respectueux silence, qui lui avait concilié la tendresse de Julie. Julie n'en savait rien; Salier ne s'en doutait pas.

La fortune réservait de nouveaux malheurs à la jeune comtesse d'Ormesson. Sa mère n'avait fait que languir depuis le voyage de mer; et elle mourut avant que Julie se fût convaincue qu'elle était unie à Salier par les liens indissolubles du plus tendre amour et de la plus vive reconnaissance. Julie aimait sa mère, et il n'était pas étonnant qu'elle aimât aussi Salier, qui prodiguait les soins les plus touchans à celle dont elle tenait le jour. Le dernier mot que proféra la comtesse, fut : *Julie!* puis elle tendit sa main à Salier, en le regardant d'un œil où se peignaient tous ses sentimens de gratitude et de tendresse, et elle lui dit d'une voix mourante : *Salier, mon fils ! ne l'abandonne pas.* Ses yeux se fermèrent, et sa main, qui était restée dans celle de Salier, y perdit la chaleur de la vie. Sa malheureuse fille se jette dans le sein du jeune homme, et, du ton qu'elle eût imploré sa grâce, elle lui dit : ne m'abandonne pas, Salier, ne m'abandonne pas ! Salier pressa Julie contre sa poitrine; puis il se mit à genoux, baisa la main froide et raidie de la comtesse. Il était dans un trouble inexprimable. Il posa une main sur le cœur inanimé de Mme d'Ormesson, et leva l'autre, en regardant le ciel. Son attitude religieuse annonçait la sainteté du serment qu'il faisait devant le maître des humains.

Ensuite il se leva avec assurance. Je ne vous abandonnerai point, dit-il à Julie; et peut-être aussi trouverons-nous le Marquis. Julie sentit le serment, qu'il venait de faire, le serment de ne la pas abandonner, quand même elle retrouverait le Marquis, le serment de sacrifier son amour même au bonheur de Julie. Ses larmes s'arrêtèrent à ses paupières, son visage se colora d'une rougeur ardente, son œil parut enflammé. Et moi, dit-elle, en se prosternant pareillement devant le lit de sa mère expirée...... et moi, je récompenserai sa générosité. Elle se releva plus calme. Il semblait qu'une confiance plus intime se fût insinuée dans leurs ames. Ils étaient plus sérieux, mais plus libres, plus familiers à l'égard l'un de l'autre. On les eût pris pour le frère et la sœur.

Le Comte ne survécut que d'un mois à la perte de son épouse. Il mourut d'une attaque d'apoplexie, et Julie et Salier se virent seuls. Julie, animée d'un nouvel esprit, changea absolument de mise : ses habits devinrent tout-à-coup si simples, qu'on pouvait à peine la distinguer d'une paysanne. Jusque-là le soin du ménage n'avait été qu'un jeu pour elle; elle s'en fit une affaire sérieuse, et, lorsque Salier lui faisait quelques objections à ce sujet, elle ne lui répondait que par un doux sourire. Elle travaillait de concert avec lui, et quand l'ouvrage était fini, elle se délassait dans sa société, et lui témoignait une confiance sans bornes.

Il n'y avait pas long-temps qu'ils jouissaient du repos et du fruit de leurs soins, lorsque l'on vint leur annoncer qu'ils eussent à changer d'habitation. Ils eurent beau chercher, ils n'en trouvèrent point, et ils furent obligés de quitter la Suisse, parce qu'on leur faisait partout des difficultés au sujet de leur séjour.

Ils se rendirent donc en Allemagne, mais on ne voulut leur permettre de s'établir nulle part. Ils avaient fait le voyage à pied, sur la demande expresse de Julie, dont Salier portait le linge et les habits. Ils apprirent enfin que les états de Brunswick offraient un asile aux malheureux émigrés; et ils dirigèrent leur marche de ce côté.

Salier acheta un cheval, une petite voiture, qui les porta, eux et leurs petits paquets; et ils prirent ainsi le chemin de la basse Saxe. Salier parlait assez bien l'allemand. Comme il ne voulait point dépendre des truchemans, pour n'être dupe de personne, il s'était appliqué à l'étude de cette langue; et au bout d'un an et demi il l'entendait passablement. Julie en savait quelque peu. Elle sentait de quel secours la connaissance de l'allemand pouvait leur devenir, et elle y fit, pendant le voyage, de très grands progrès.

Ils arrivèrent à Wolfenbuttel. Leur dessein n'était pas de demeurer à la ville, mais bien de s'établir à la campagne, comme ils l'avaient fait en Suisse. Salier alla voir des aubergistes, des fermiers, des villageois, pour apprendre s'il n'y avait pas de métairie à vendre. En attendant, ils s'établirent dans une petite chambre, chez un bourgeois. Un jour que Salier retournait à la maison, il aperçut..... il devint pâle comme un mort.... il reconnut le marquis Grisval, qui venait de son côté. Il tira machinalement son mouchoir pour s'en couvrir le visage; mais, l'instant d'après, il se dit en lui-même : Non! arrive ce qui pourra! Monsieur le marquis! lui cria-t-il d'une voix tremblante. Grisval s'arrêta et le regarda. Reconnaissez-vous Salier? Ciel! répond le marquis, et tes maîtres, où sont-ils? Sont-ils encore en vie? Julie? De grâce, parle! Julie existe, lui dit Salier, en poussant un profond soupir : venez, vous verrez Julie; mais ses parens sont morts.

Il chercha à cacher son trouble en précipitant ses pas. Il ouvrit la porte de la chambre, et le marquis, au comble de la joie, alla se jeter aux pieds de Julie, qui pâlit à sa vue. Elle se tint à une chaise, et interrompit le torrent des protestations de fidélité de Grisval, en lui demandant ce qui lui était arrivé depuis leur séparation. Il le lui raconta en peu de mots. Venez, ajouta-t-il, venez, adorable Julie; ma mère est dans cette ville. Vous demeurerez chez elle, jusqu'à ce que vous soyez tout-à-fait de la famille. Il prit sa main qu'il couvrit de baisers.

Julie était dans un embarras extrême : elle paraissait en proie à ses réflexions. Salier, pâle et tremblant, restait sur le seuil de la porte. Le marquis parlait tout seul. Tout à coup Julie prit un air majestueux; ses yeux brillèrent d'un nouvel éclat; ses joues pâles se couvrirent d'une rougeur vermeille. Elle était belle. Elle s'approcha du marquis, et lui dit : Cher Grisval, ce que nous avons éprouvé est si étrange, si extraordinaire, que ce serait nous faire injure, que de nous juger d'après les préjugés, dans lesquels nous avons été élevés. J'ai perdu ma patrie, mon bien, mon rang : je ne puis être à vous. *Mon cœur, ma vie, mes espérances, tout ce que j'ai, tout ce que je suis appartient à l'homme généreux, qui a tout fait pour moi* Je serais, ajouta-t-elle avec une noble fermeté, un monstre d'ingratitude, si je ne récompensais, par tout que je suis, son chaste amour et sa constante fidélité. Monsieur le marquis, Salier m'aime, et je l'aime de toutes les forces de mon ame. C'est pour la première fois qu'il entend cette déclaration. Salier, poursuivit-elle, en passant son bras autour de son cou, je t'aime! Il y a long-temps que mon cœur t'appartient. Je perdrais tout espoir de bonheur sur la terre, s'il fallait me donner à un autre qu'à toi. Oui, je t'appartiens tout entière : je suis ta Julie, ta bien-aimée, ta femme! Elle l'embrassa, le tint étroitement serré contre sa poitrine, et, pour la première fois de sa vie, ses lèvres se collèrent sur celles du jeune homme. Salier pâlissait; ses yeux se remplissaient de larmes; son cœur se gonflait et laissait sa langue sans expression; sa respiration devenait haute, et ressemblait à des sanglots. Il tomba dans les bras de Julie, puis à ses genoux, qu'il tint long-temps embrassés, et cachant son visage dans son sein, il succomba à un profond accablement. Enfin, il se sentit soulagé dans son transport, en s'écriant: O Julie! Il se leva, regarda fixement Julie et le marquis tour à tour. Il porta la main à son front, comme pour méditer, se le frappa comme pour rappeler sa mémoire, et réveiller ses facultés, dont il venait de perdre l'usage. Anéanti, et ne pouvant rester debout, il s'assit, et secoua violemment la tête. Il tendit ses bras à Julie, pour implorer son secours. Salier, lui dit-elle, reviens à toi. Je suis ton épouse; Julie t'appartient. Elle prit ses mains tremblantes, les pressa amoureusement dans les siennes, puis contre son sein. La tête altière de Salier était baissée; il était dans un état convulsif.

Un torrent de pleurs mit enfin un terme au saisissement de Salier. Julie, s'écria-t-il, est-il vrai que vous m'aimez? Pour toute réponse elle se jeta dans ses bras; et il l'y tint long-temps dans une étreinte délicieuse. Elle jouissait de son frémissement, de son ivresse, et elle ressentit la plus douce extase, lorsque Salier, couvrant de baisers sa bouche ingénue, lui dit à plusieurs reprises: Julie! ma bien-aimée, je me meurs, je meurs! Julie! Le marquis, témoin de cette scène, lut son sort dans ces premiers épanchemens de leur mutuel amour. Il prit le meilleur parti: ce fut de féliciter Julie et Salier. Il trouva que

Julie avait raison d'en agir ainsi; il embrassa Salier, le nomma le plus fortuné des hommes, et disparut.

Les deux amants n'avaient rien entendu; ils ne s'étaient point apperçus du départ de Grisval. Julie soupirait, ses yeux étaient baissés, le mouvement de son sein devenait plus rapide, elle s'abandonnait au doux sentiment de l'amour heureux dans les bras de Salier. La vue et les instances du marquis venaient de lui apprendre à elle-même, combien elle aimait son rival. Le jeune homme était hors de lui. Ses caresses étaient si touchantes, qu'elles lui eussent concilié le cœur de Julie, s'il ne lui eût pas encore appartenu. Il se vit enfin obligé de la quitter, pour ne pas succomber sous le poids d'un bonheur si imprévu.

Il ne dormait ni ne veillait. Ses yeux étaient continuellement remplis de larmes. Son ame était pleine de vie; son corps n'en avait plus. Il était chancelant. Un enfant aurait pu le renverser, tant il était faible et abattu. Julie, voyant l'état de langueur de son amant, résolut d'y mettre fin, en priant un prêtre déporté de les unir. Elle le lui dit. Nouveaux transports. L'ecclésiastique vint sans que Salier fût prévenu du moment. Ils furent mariés. Lorsque Julie dit Oui! il trembla si violemment, et changea de couleur au point qu'elle remercia Dieu de ce que la cérémonie était finie.

Il se reprochait d'avoir osé prendre la main de Julie; il frémissait, en pensant à l'étendue de sa felicité; et souvent s'arrachant des bras de son épouse, il se jetait à ses genoux, pour lui dire : Julie! est-il bien vrai? Tu es à moi? Est-il possible?

Salier trouva bientôt ce qu'il cherchait, une métairie, qui lui convint. Il en fit l'acquisition, et alla s'établir à B.....

AUGUSTE LAFONTAINE.

(*traduction de M. C***.*)

LE JOUET

DE LA

FORTUNE.

Fragment d'une histoire véritable.

Doué par la nature des dispositions les plus heureuses, Eloi de G*** avait reçu une brillante éducation. Entré de très-bonne heure au service militaire, son mérite et ses connaissances fixèrent bientôt l'attention de son souverain. Eloi ainsi que le prince, dans tout le feu de la jeunesse, d'un caractère vif et entreprenant, avait le talent d'animer les sociétés de son choix par les saillies de son esprit. Aussi le prince savait-il apprécier des vertus qu'il possédait lui-même à un si haut degré. Les moindres actions d'Eloi portaient un certain cachet de grandeur d'ame; les obstacles ne le rebutaient point, et aucun échec ne pouvait vaincre sa persévérance. Ces qualités étaient rehaussées par une figure aimable et insinuante, par un maintien noble, imposant et cependant modeste. Si le prince était charmé de l'esprit du jeune compagnon de ses plaisirs, son amour-propre était encore plus flatté par les dehors séduisans de son favori. Etant du même âge, du même tempérament, leurs relations prirent bientôt le caractère de l'amitié la plus passionnée. Eloi promu d'une dignité à l'autre, s'éleva avec une rapidité surprenante au faîte des grandeurs; et à l'âge de vingt-deux ans, il était arrivé aux honneurs par lesquels les plus heureux terminent d'ordinaire leur carrière. Mais son esprit actif ne put se plaire long-temps au sein d'une vanité oisive, ni se contenter de l'éclat factice d'un rang qu'il se sentait le courage d'obtenir par son mérite. Tandis que le prince courait avidement les plaisirs, Eloi s'ensevelissait dans les actes poudreux des archives, et se consacrait entièrement aux affaires du gouvernement. Aussi s'en rendit-il maître avec tant d'habileté et de succès, qu'enfin toutes les choses d'une certaine importance lui passèrent par les mains. Le jeune favori étant devenu premier conseiller et ministre, se vit investi d'une autorité presque souveraine, et disposa de toutes les charges et dignités de l'état.

Eloi était parvenu trop jeune et trop rapidement à ce rang, pour en jouir avec modération. L'ambition lui tourna la tête, et la modestie l'abandonna quand il n'eut plus rien à désirer. Les respects et les hommages que lui offraient les premiers personnages du pays qui, par leur naissance, leurs richesses, étaient bien au-dessus de lui, l'enivrèrent d'orgueil, et le pouvoir absolu que le prince lui avait conféré, fit éclater chez lui une certaine dureté, trait saillant de son caractère qui avait sommeillé jusqu'alors dans son ame, et qui l'accompagna depuis dans toutes les vicissitudes de la fortune. Il n'y avait pas d'office assez grand qu'il ne rendit à ses amis; mais aussi exagéré dans sa bienveillance que dans sa haine, il faisait la terreur de ses ennemis. Usant moins de son crédit pour s'enrichir lui-même qu'à s'assurer les suffrages de ses partisans, il écoutait plutôt le caprice que la justice dans la répartition de ses faveurs. Par sa fierté et son caractère impérieux, il s'aliéna jusqu'aux cœurs de ceux qu'il avait le plus obligés, et changea ses rivaux secrets en autant d'ennemis irréconciliables.

Parmi les personnes les plus empressées de surveiller toutes ses démarches avec les yeux de la jalousie et de l'envie, et de préparer secrètement sa ruine, se distingua surtout le comte Martinengo, qu'Eloi avait placé lui-même auprès du prince, comme directeur secret de ses plaisirs, pour se livrer à des occupations plus en harmonie avec ses goûts. Regardant ce Piémontais comme sa créature, qu'un mot de lui pourrait replonger dans l'obscurité d'où il l'avait tiré, il se le croyait attaché par la crainte autant que par la reconnaissance, et commit la même faute que fit Richelieu, en introduisant le jeune Legrand dans l'intimité de Louis XIII. Mais loin de pouvoir réparer cette faute par le génie de Richelieu, il eut à combattre un ennemi plus adroit que ne l'avait eu le ministre français. Au lieu de se prévaloir de sa position, Martinengo s'efforça au contraire d'affecter envers lui la plus grande soumission. Mais en même temps il ne négligea pas de profiter de l'occasion que lui fournissait son poste pour paraître aussi souvent que possible sous les yeux du prince, et pour se rendre insensiblement nécessaire à son maître, dont il eut bientôt pénétré le carcctère et gagné la confiance. Tous les artifices que méprisait le noble orgueil du ministre, l'Italien qui ne se piquait pas trop de délicatesse, les mettait en œuvre pour atteindre le but de ses désirs. Comme il savait fort bien que l'homme n'a nulle part plus besoin d'assistance que dans la voie du vice, il excita chez le prince les passions les plus violentes et devint le confident et l'entremetteur de ses débauches.

Il réussit ainsi à fonder la place de son élévation sur la corruption des mœurs de son souverain, et par la raison même que le mystère en était le moyen essentiel, le cœur du prince était à lui, avant qu'Eloi ne s'imaginât qu'il pût le partager avec un autre.

On s'étonnera peut-être qu'un changement si sensible échappa à l'attention du ministre; mais celui-ci était trop persuadé de son mérite pour se figurer qu'un homme comme Martinengo pût être son rival, et celui-ci trop circonspect pour arracher son adversaire par quelque imprudence à son orgueilleuse sûreté. Sa trop grande confiance, défaut si commun, fut la cause de sa perte. Sans s'inquiéter de l'intimité qui régnait entre le prince et Martinengo, il laissa volontiers à un parvenu un bonheur qu'il méprisait au fond du cœur. Ce n'est que parce que l'amitié du prince seule pouvait lui frayer le chemin des honneurs, qu'elle avait eu de l'attrait pour lui, et il oublia bientôt par quels moyens il s'était procuré ces titres si ambitionnés.

Martinengo n'était pas homme à se contenter d'un rôle subordonné. A chaque pas qu'il fit dans les bonnes grâces de son maître, ses désirs prirent un essor plus hardi, et son ambition aspira à une influence plus réelle. La conduite du ministre à son égard ne se ressentait pas des progrès rapides qu'il faisait dans la faveur du prince, mais paraissait plutôt calculée à humilier en lui rappelant son origine. Cette position lui fut tellement à charge, qu'il prit la résolution sérieuse d'y mettre un terme en perdant son bienfaiteur. Il ourdit cette trame sous le voile de la dissimulation, n'osant pas encore se mesurer ouvertement avec son rival, car si l'affection que le prince portait à Eloi n'était pas aussi forte que dans les premiers temps, elle avait cependant commencé de trop bonne heure et pris de trop fortes racines dans le cœur du prince pour être détruite aussi promptement. La plus petite circonstance pouvait au contraire lui rendre son ancienne ardeur; Martinengo sentit donc que pour vaincre son ennemi, il fallait l'abattre. Ce qu'Eloi avait perdu dans l'affection du prince, il l'avait gagné dans son estime, et plus le prince se chargea du fardeau des affaires, plus il connut l'importance d'un homme qui, même aux dépens du pays, défendait ses intérêts avec un dévoûment sans exemple.

De quels moyens l'Italien se servit pour atteindre son but, voilà ce qui est resté secret entre les parties intéressées. On suppose qu'il présenta au prince plusieurs pièces d'une correspondance très-suspecte que le ministre aurait entretenue avec une cour voisine, mais les opinions sont partagées sur le point de savoir si elles étaient authentiques ou apocryphes. Quoi qu'il en soit, Martinengo parvint à ses fins. Eloi parut aux yeux du prince, le traître le plus ingrat, et son crime tellement palpable, qu'il crut ne devoir plus garder le moindre ménagement envers lui. Tout fut traité avec le plus grand mystère entre Martinengo et son maître, de sorte qu'Eloi n'eut pas même l'idée de l'orage qui s'amoncelait sur sa tête. Il resta dans cette sûreté fatale jusqu'au moment où, objet de respect et d'envie, il devait devenir un objet de pitié.

Le jour décisif étant arrivé, Eloi alla, selon son habitude, à la parade. D'enseigne il s'était élevé, dans l'espace de quelques années, au grade de colonel; titre bien modeste, si on le comparait à la dignité du ministre qui le plaçait à la tête des premiers personnages de l'état. La parade était le rendez-vous de toutes les personnes de distinction, qui venaient lui faire leur cour, et où il trouvait, dans une heure de triomphe, les délassemens des fatigues de toute la journée. Les grands ne s'approchaient de lui qu'avec une timidité respectueuse, et ceux qui n'étaient pas sûrs de sa bienveillance ne l'abordaient qu'en tremblant. Le prince lui-même, lorsqu'il assistait quelquefois à la parade, se voyait négligé pour son visir; car il était bien plus dangereux de déplaire au ministre, qu'avantageux d'avoir le souverain pour ami. Et justement le lieu où on lui avait porté autrefois de l'encens comme à une divinité, fut choisi pour servir de spectacle à son abaissement.

Il entra sans inquiétude dans le cercle bien connu, qui s'ouvrit respectueusement devant lui, dans l'ignorance où l'on était sur le sort qui attendait le puissant ministre. Peu après parut Martinengo, accompagné de quelques aides-de-camp, non en courtisan riant et rampant, mais sous le masque d'un valet arrogant devenu maître. Il s'avance d'un pas ferme et assuré, et s'arrête la tête couverte devant Eloi, en lui demandant son épée au nom du prince. Celle-ci lui ayant été remise avec un regard de consternation muette, il appuye fortement la lame contre terre, et en jette les éclats aux pieds du ministre. A ce signal, les aides-de-camp lui arrachent ses croix, ses épaulettes et son plumet. Durant cette terrible opération, qui se fait avec une vitesse inconcevable, on n'entend pas un seul mot ni un seul soupir dans toute l'assemblée, composée de plus de cinq cents personnes. La pâleur sur le visage, l'ame oppressée, et atterrées; elles conservent leur première attitude. Mille autres, à la place d'Eloi, auraient succombé au premier sentiment de terreur que devait faire naitre une telle scène; mais, grâce à la constitution robuste de son corps et à la force de son ame, son courage n'en fut point ébranlé.

Il est conduit, à travers les rangs de nombreux spectateurs, jusqu'à l'extrémité de la place, où l'attend une voiture. On l'y fait monter, et aussitôt elle part accompagnée d'une escorte de hussards. Cependant le bruit de cet événement s'est bientôt répandu dans la capitale; toutes les croisées s'ouvrent, toutes les rues sont remplies de curieux qui suivent le cortége, en répétant à l'envi le nom du favori disgracié, avec des exclamations d'une joie malicieuse ou d'une pitié insultante. Enfin il commence à respirer plus librement, lorsque, arrivé à la porte de la ville, il se voit assailli par une nouvelle terreur. La voiture se détourne de la grande route, prend un chemin peu fréquenté, qui le mène, par ordre du prince, lentement à la potence. — Après lui avoir fait subir en ce lieu tous les tourmens d'une agonie mortelle, on reprend une route moins déserte. Au milieu d'une chaleur étouffante, il passe sept longues heures enfermé dans cette voiture, qui arrête enfin avec le soleil couchant au lieu de sa destination, la forteresse de B...... Privé de ses sens, dans un état qui tient le milieu entre la vie et la mort (car un jeûne forcé de douze heures et une soif brûlante avaient épuisé ses forces), on le tire de la voiture, et c'est dans un cachot fétide qu'il revient à la vie. La première chose qu'il aperçoit en rouvrant les yeux, c'est un mur d'environ dix-neuf brasses de hauteur, faiblement éclairé par quelques rayons de lune qui y pénètrent à peine par quelques fentes étroites. A côté de lui, il trouve, pour toute nourriture, un pain noir, une cruche d'eau, et pour sa couche, une botte de paille. Le lendemain matin, une trappe s'ouvre dans le milieu de la tour, et il distingue deux mains occupées à lui descendre, dans un panier, son pain et son eau. En ce moment, et pour la première fois depuis ce terrible changement de fortune, la douleur et la curiosité lui arrachèrent les questions : Pourquoi il était en ce lieu, et quel était son crime? Mais on ne lui répond pas; les mains disparaissent, et la trappe se referme. Sans voir une seule figure humaine, et sans entendre la voix d'un homme, dans l'incertitude la plus cruelle sur le passé et l'avenir, il compte en ce lieu d'horreur quatre cent quatre-vingt-dix jours, d'après les pains qui lui sont descendus tous les matins. Mais une découverte faite dès les premiers jours de son arrivée dans ce gouffre infernal, mit le comble à sa misère. Il connaît ce lieu. Lui-même, poussé par le désir d'une basse vengeance, l'avait fait préparer, peu de mois avant, pour un officier supérieur, homme de mérite, qui s'était attiré sa colère. Par un raffinement de cruauté, il avait indiqué les moyens de rendre le séjour de ce cachot plus affreux. Il était venu lui-même à la forteresse afin d'en examiner et presser les constructions. Pour rendre ses peines encore plus cuisantes, le plus singulier des hasards avait fait succéder, au commandant de la forteresse, mort depuis peu, le même officier pour qui ce cachot avait été dressé. Ainsi, la victime de sa vengeance se trouvait changée en maître absolu de son sort. Il manqua donc de la dernière consolation, de pouvoir se plaindre, et d'accuser le sort, quelque dur qu'il se montrât envers lui, d'une injustice. Au sentiment de sa misère se joignit encore la douleur la plus amère pour un cœur orgueilleux, celle de dépendre de la générosité d'un ennemi à qui il n'en avait pas montré.

Cet excellent homme ayant l'ame trop élevé pour se plaire dans une vengeance indigne de lui, il lui en coûta au contraire infiniment d'exercer envers le prisonnier la sévérité rigoureuse que lui prescrivaient ses instructions. Mais, comme vieux soldat, habitué à suivre aveuglément le sens littéral des ordres de ses chefs, il ne put que plaindre le sort du malheureux confié à sa garde. Cependant celui-ci trouva un protecteur plus actif dans l'aumônier de la garnison du fort, qui, touché des malheurs du prisonnier, dont il n'avait été instruit que tard, et vaguement, prit la ferme résolution de chercher à alléger ses souffrances. Ce respectable ecclésiastique, dont je ne tais le nom qu'à regret, crut ne pouvoir mieux remplir sa mission évangélique, qu'en la faisant valoir en faveur de l'humanité. Ne pouvant obtenir du commandant la permission de voir le prisonnier, il se rendit à la capitale pour la demander au prince lui-même. Il implora sa pitié pour un malheureux qui, privé des secours de la religion, qu'on ne pouvait refuser aux plus grands criminels, mourait peut-être en ce moment de désespoir. Avec l'intrépidité et la dignité que donne la conscience d'un devoir accompli, il demanda qu'on lui accordât un libre accès dans la prison, disant qu'il devait répondre devant Dieu de l'ame d'un infortuné abandonné des hommes. La bonne cause qu'il plaida le rendit éloquent, et le temps avait déjà apaisé le premier courroux du prince. Il lui permit de visiter le prisonnier, et de lui porter les consolations spirituelles de son saint ministère.

La première figure humaine que le malheureux Eloi vit, après un intervalle de seize mois, fut celle du digne pasteur. Le seul ami qu'il eut dans le monde, il le dut à sa misère; dans sa prospérité, il n'en avait pas connu. La visite du bon ecclésiastique fut pour lui l'apparition d'un ange du ciel. Ses sensations ne sauraient se dépeindre; mais dès ce jour, ses larmes furent plus douces, car il voyait un être généreux compatir à ses maux et pleurer avec lui. L'épouvante saisit le digne prêtre en entrant dans le cachot: ses yeux cherchaient un homme, et un monstre hideux sortit d'un coin qui ressemblait plutôt au gîte d'une bête féroce qu'à la demeure d'une créature humaine. Un squelette pâle, portant sur sa figure les traces de la douleur et du désespoir; la barbe et les ongles d'une longueur repoussante; les vêtemens à moitié pourris, et l'air empesté autour de lui, voilà comme il trouva l'enfant gâté de la fortune. Le ministre, frissonnant à cet aspect, se rendit en toute hâte auprès du gouverneur, afin d'en réclamer un autre bienfait pour le pauvre malheureux, et sans lequel le premier n'en était pas un.

Mais le commandant, s'étant encore retranché derrière ses instructions précises, il retourna à la capitale, pour implorer de nouveau la clémence du prince. Celui-ci lui ayant accordé sa demande, ce ne fut que de ce jour que le prisonnier commença vraiment à renaître à la vie.

Eloi passa encore quelques années dans la forteresse, mais dans une position moins pénible; les beaux jours du nouveau favori ayant pâli, et d'autres étant venus occuper sa place, qui pensaient plus humainement, ou du moins n'avaient pas de vengeance à assouvir contre lui.

Enfin, après dix ans de captivité, sonna pour lui l'heure de la liberté. Sans enquête judiciaire ni absolution formelle, Eloi reçut sa liberté comme une grâce, avec l'ordre de quitter le pays.

Les renseignemens sur sa vie, que je n'ai recueillis que par traditions orales, m'abandonnent ici; je me vois donc forcé de passer rapidement sur un intervalle de vingt ans. Il recommença sa carrière militaire au service d'une cour étrangère, et y arriva aux mêmes dignités dont il avait été revêtu dans sa patrie. Enfin le temps, l'ami des malheureux, qui exerce une justice lente mais certaine, se chargea aussi de sa cause. L'âge des passions étant passé pour le prince, l'humanité commença à reprendre ses droits sur son cœur, lorsque ses cheveux vinrent à blanchir. Au seuil du tombeau, il sentit un vif désir de revoir l'ami de sa jeunesse. Pour faire oublier au vieillard autant que possible les chagrins qu'il avait causés au jeune homme, il rappela l'exilé avec bonté dans sa patrie. Le spectacle de leur réunion fut touchant, leur entrevue aussi amicale que s'ils ne s'étaient séparés que de la veille. Le prince arrêta long-temps d'un air pensif ses yeux sur une figure qui lui était si bien connue et en même temps devenue si étrangère; il semblait compter les rides qu'il y avait imprimées lui-même. Il chercha à retrouver dans l'extérieur décomposé du vieillard les traits chéris de l'adolescent, mais ce fut peine perdue. On s'efforça de part et d'autre de prendre le ton d'une froide familiarité. La honte et la crainte s'étaient placées à jamais entre leurs cœurs. Un aspect qui rappelait au prince sa coupable précipitation, ne pouvait lui être agréable. Eloi, de son côté, ne pouvait plus aimer l'auteur de tous ses maux. Cependant calme et consolé, il considérait maintenant le passé comme un rêve pénible.

Bientôt après on vit Eloi réintégré dans ses premières dignités, et le prince étouffa son aversion intérieure pour le dédommager d'une manière éclatante de ses longues peines. Mais pouvait-il lui rendre cette âme ardente dont il avait éteint le feu, pour lui faire goûter les jouissances de la vie ? Pouvait-il aussi lui rendre les belles années de la jeunesse, où l'on se berce d'illusions? Ou bien pouvait-il créer pour le vieillard caduc un bonheur qui compensât en quelque sorte les biens qu'il avait ravis à l'homme dans la fleur de l'âge?

Après dix-neuf ans, Eloi était enfin parvenu à passer paisiblement les derniers jours de sa vie. Ni le sort, ni l'âge, n'avaient pu amortir le feu de ses passions, et lui enlever entièrement la gaieté de son esprit! Dans sa soixante-dixième année, il poursuivait encore l'ombre d'un bonheur qu'il avait possédé réellement à l'âge de vingt ans. — Il mourut enfin comme commandant de la forteresse de B.... — On s'attend sans doute à le voir exercer envers les prisonniers d'état enfermés dans ce lieu une humanité dont il avait appris à connaître lui-même le prix. Mais non, il les traita d'une manière dure et inégale, et à l'âge de quatre-vingts ans, il descendit au tombeau pour s'être laissé emporter à la colère contre un de ces infortunés.

SCHILLER.

FIN DU QUATRIÈME ET DERNIER VOLUME.

TABLE

DU QUATRIÈME VOLUME.

FIN DE LA TABLE DU QUATRIÈME ET DERNIER VOLUME.

www.ingramcontent.com/pod-product-compliance
Ingram Content Group UK Ltd.
Pitfield, Milton Keynes, MK11 3LW, UK
UKHW020333230726
13925UKWH00002B/772